D

Daniel Glattauer

Schauma mal

Kolumnen aus dem Alltag

Deuticke

Daniel Glattauers Kommentare zum Alltag sind in der Tageszeitung *Der Standard* erschienen. Der vorliegende Band versammelt eine Auswahl der Kolumnen aus den beiden Bänden »Die Ameisenzählung« (Deuticke, 2001) und »Die Vögel brüllen« (Deuticke, 2004).

1 2 3 4 5 13 12 11 10 09

ISBN 978-3-552-06094-4

Satz: Eva Kaltenbrunner-Dorfinger, Wien
Druck und Bindung: CPI – Ebner & Spiegel, Ulm
Printed in Germany

Vorwort

Haben Sie schon einmal ein Vorwort geschrieben? – Ich auch nicht. Ich lese nur öfters welche. Die meisten klingen wie Panikattacken der Bedeutsamkeit. Anbei lernt man oft Namen fremder Menschen kennen, ohne die das Buch nie zustande gekommen wäre, wofür sich der Autor interessanterweise immer bedankt. Nie beglückwünscht ein Autor eine Person, die versucht hat, ihm das Buch auszureden. Überhaupt werden Menschen, die schlechte Bücher verhindern, in der Literatur nicht ausreichend gewürdigt.

Manchmal, wenn die Autoren frisch verliebt sind (oder diesen Anschein erwecken wollen), knallen sie an den Rand einer zumeist leeren Seite ein sinnliches, oft in kursiver Schrift gesetztes »Für Mimi« hin. Der Leser hat dann bei der Lektüre stets das beklemmende Gefühl, Mimis Buch zu lesen.

Manche Autoren, denen vorwortmäßig so gar nichts einfällt, belehnen einen Wortkünstler, der einmal präventiv etwas sehr Passendes über das Buch gesagt hat. Da liest man dann: »Alle Schatten sind Lichter«, oder Ähnliches. Im schlimmsten Fall steht »Saint-Exupéry« darunter.

Nie aber wird ein Vorwort (vor)wörtlich genommen und erschöpft sich in sich selbst: VORWORT. (Aus. Das war es schon. Kommen wir zur Sache.) Vermutlich schafft das einen zu hohen Erwartungsdruck auf das Nachfolgende. Egal, ich riskiere es: VORWORT!

Der Wangenkuss (I)

Wenn man jemanden trifft, den man kennt, gibt es, je nach Grad der Freude über die Begegnung, vier Möglichkeiten. Entweder man grüßt nicht, indem man wegschaut. Oder man grüßt nicht, obwohl man hinschaut. Oder man grüßt. Oder man küsst.

Nun haben wir den Verdacht, dass heute mehr geküsst wird als früher. Wir halten das für einen Rückschritt zu mehr Feuchtigkeit in der Gesellschaft. Schuld sind Männer, die plötzlich beweisen wollen, wie zärtlich sie sein können – vor allem zueinander.

Das Unangenehme am Begrüßungskuss ist die geringe Trefferquote. Täglich spielen sich Hunderte Dramen der Begegnung ab, zum Teil auf offener Straße:

- Küsser eins (K1) peilt die linke Wange von Küsser zwei (K2) an. Der hält ihm die rechte entgegen. Es kommt zu einem unerwünschten Streifkuss.
- K1 und K2 jagen der je weggedrehten Wange des Gegenübers nach, küssen ins Leere und drohen das Gleichgewicht zu verlieren.
- K1 und K2 halten je eine Wange zum Kuss hin. Ein schmerzvoller Ohrenreiber ist die Folge.
- K1 will nur einmal, K2 rechnet mit Beidseitigkeit und donnert K1 den Kiefer gegen die Nase.

Fürs Erste genug! Wir sind Verfechter des ehrlichen Händedrucks.

Der Wangenkuss (II)

Wie gesagt, wendet sich die Gesellschaft bei Begrüßungen immer mehr vom warmen Händedruck ab und übt sich in der hochkomplizierten Form des gegenseitigen Doppelwangenkusses. Um ihn zu beherrschen, müssten die Partner Tag und Nacht trainieren. Ein derart eingespieltes Team frönt aber eher dem Zungenkuss. Oder gar keinem mehr.

Die klassischen kusstechnischen Pannen haben wir bereits beschrieben. Begrüßungsküsser wandern aber auch stets am Grat des erotischen Missverständnisses. Hier die wichtigsten Vorkehrungen:

- Lippen nach innen gewölbt und fest zusammengepresst halten, etwa so, wie man sich ein Lachen verbeißt. Zunge sicherheitshalber am hinteren Gaumen verstecken.
- Mund niemals wuchtig auf die Wange des Grußpartners klatschen lassen. Vorher abbremsen. Sollte es zu keiner Berührung kommen, nur ja keine weiteren Versuche starten. Man würde es Ihnen als Schmusereiversuch auslegen.
- Augen beim Küssen nicht schließen! Möglichst treuherzig dreinschauen.
- Zur Unterstreichung der Harmlosigkeit des Wangenkusses diesen mit einem liebevoll schmatzenden »Mmmpftsch« ausklingen lassen.

Schuhlöffeltest

Woran erkennt man, dass man nicht mehr so jung ist wie früher? Wir sind uns hoffentlich einig: Banalitäten wie Jahreszahlen, Lachfalten ohne Lachen, Muskelkater ohne Muskeln und Schuppen ohne Haare sind keine Alterskriterien.
Ein gutes Indiz fürs Älterwerden ist die Beobachtung, dass die Leute rundherum immer jünger werden. Alt ist man aber erst, wenn man niemanden mehr sieht, der älter sein könnte als man selbst.
Nicht mehr jung ist man, wenn man sich fragt, wann man das letzte Mal eine Nacht durchgemacht hat. Noch weniger jung ist man, wenn man sich nicht mehr fragt, wann man das letzte Mal eine Nacht durchgemacht hat. Schon recht deutlich alt ist man, wenn man fragt, was »durchmachen« heißt.
Jung ist man, wenn man statt eines Schuhlöffels die Finger verwendet. Nicht mehr jung ist man, wenn man nie mehr ohne Schuhlöffel verreist. Gar nicht mehr jung ist man, wenn man nur deshalb nicht nie mehr ohne Schuhlöffel verreist, weil man nicht mehr verreist. Ganz und gar nicht mehr jung ist man, wenn man sich weigert, einen Schuhlöffel zu verwenden, der kürzer als fünfzig Zentimeter ist. Aber wirklich alt ist man erst, wenn man im Kreise jüngerer Verwandter die Formulierung: »Nimm gefälligst den Schuhlöffel!«, verwendet.

Die Macht ist an

Übersetzen ist menschlich. Hier einige Passagen der deutschen Gebrauchsanweisung für ein taiwanesisches Radiogerät, welches Herr Rudolf in Wien erwarb:

Spezifizierungen. Das ist ein klein, das dünnest MW/UKW stereo Hi-Fi in der Welt, mit faltbar stereo Kopfphon. Ein stereo Kopfphon Wagenwinde wird versehen, Sie Können die Musik privat geniessen.

Teile und Ihre Funktion.

1. Stereo Mini Wagenwinde: a) Verbinden Sie das Kopfphon zu Wagenwinde, um Musik zu geniessen. b) Setzen Sie das stereo Kopfphon in Kopfphon Wagenwinde ein, die Macht ist an, sonst die Macht ist ab.
3. Für UKW Band, die Tafel wird angezündet, nur als den Laut des Radios wird erhalten.
4. Drehen Sie das Blatt, die Stellung des Zeigers wird drehen bis die richtige Stellung erreicht.
5. Stellung Zeiger: Es zeigt die Häufigkeit, die Sie vom Radio hören. 7) Wenn Sie kleinen Lärm wollen, als die Stereo Wirkung, setzen den Umschalter an »Mono«.

Machtquelle. 1) Öffnen Sie die Tür für Batterie des Abteils, schleifen Sie die Tür in der Richtung des Pfeils. 2) Setzen Sie zwei UM-4 Batterie in Abteil, die Polarität soll Zeichen im Abteil zusammentreffen. 3) Schließen Sie die Tür.

Lieber Herr Rudolf, wir wünschen Ihnen guten Empfang.

Wir schauen (I)

Der Brite »looks«. Der Deutsche guckt. Der Österreicher schaut. Danke für das Wort. Wir brauchen es.

Der Österreicher schaut, wenn der Tag lang ist, und durchs Schauen wird er auch nicht kürzer. Schauen strengt nicht an. Es arbeitet nahezu nichts im Gehirn. Es arbeitet so wenig, dass manchmal sogar der zugehörige Mund offen bleibt.

Wenn Österreicher schauen, beabsichtigen sie nichts, sie besichtigen ja nichts. Sie wollen nichts erblicken oder erkennen. Sie wollen keinem etwas wegschauen, sie wollen einfach nur schauen.

Bevorzugte Schau-Motive sind Baustellen, insbesondere Kräne (während der Mittagspause der Kranführer), im Halteverbot abgestellte Autos (mit ausländischem Kennzeichen), am Fensterbrett hängende und kongenial dreinschauende Insassen des Gebäudes vis-à-vis, ferner Flugzeuge bei der Ausübung ihrer Tätigkeit (fliegen), Hydranten bei der Ausübung ihrer Tätigkeit (stehen), Polizisten bei der Ausübung ihrer Tätigkeit (schauen), also möglichst statische Schau-Sub- oder -Objekte des täglichen Lebens, die nicht eigens durchschaut werden müssen, um ungestört angeschaut zu werden.

Schlimm wird es aber erst, wenn die Österreicher vom Schauen sprechen: siehe nächste Seite.

Wir schauen (II)

Der Österreicher schaut gern, denn schauen strengt nicht an. Der Schauende will ja nichts sehen oder gar erkennen, er will sich nur mit offenen Augen irgendwo festhalten, um geistig auszuruhen.

Noch lieber und öfter als er schaut, kündigt der Österreicher sein Schauen an. Er sagt: »Schauma!« Es ist dies die höchste Steigerungsstufe österreichischer Unverbindlichkeit. Sie deutet an: Ich werde mich darum kümmern. Und sie bedeutet: Ich werde mich *nicht* darum kümmern.

Um letzte Zweifel zu zerstreuen, sagt man auch gern: »Schauma mal.« Es bedeutet: *Wenn ich mich einmal nicht darum kümmere, werde ich mich nie darum kümmern.*

Wem »Wer ma schauen« *(Ich werde erst später beginnen, mich nicht darum zu kümmern)* und »Wer ma schon schauen« *(Ich kann gar nicht früh genug beginnen, mich nicht darum zu kümmern)* noch immer nicht eindeutig genug ist, der wähle: »Schauma mal, dann wer ma schon sehen.« Es bedeutet: *Da ich mich nicht darum kümmern werde, wird sich wohl ein anderer darum kümmern müssen.* Dem anderen bleibt zur Klarstellung dann nur noch: »Wer ma amal sehen, dann wer ma schon schauen.«

Handgeblasen

Man kennt Riedel. Es ist jenes Glas, welches den Inhalt vergessen macht. Denn man sagt nicht: »Ah, vollmundig!«, sondern: »Oh, Riedel!« Aber warum eigentlich? Wir hatten schon den Verdacht, dass einmal einer »Oh, Riedel!« gesagt hat (möglicherweise Riedel selbst) und alle machen es ihm jetzt nach.

Nun bestätigt uns der Glaserzeuger in einem Pressetext, wie gut es der Firma mit uns Konsumenten geht. Die Umsätze konnten in den letzten vier Jahren verdoppelt werden. Und endlich lüftet Riedel das große Geheimnis seines Erfolgs: Von den 5,3 Millionen produzierten Gläsern »entfielen 0,9 Millionen auf *hand-* und 4,4 Millionen auf *mundgeblasene* Gläser«.

So liebevoll die mundgeblasenen auch geformt sein mögen, unsere ungeteilte Faszination gilt den aeromanuell entstandenen. Bisher kannten wir grobschlächtigen Hobbygärtner nur Blasen an den Händen. Nun wissen wir, dass begnadete Hände selbst blasen können. – Sie blasen die handgeblasenen Gläser der Firma Riedel.

Wenn es im Text weiter heißt: »Form und Inhalt aller Riedel-Gläser werden auf das Getränk abgestimmt«, so fehlt zur absoluten Weltsensation eigentlich nur noch der handgetrunkene Wein.

Schildkrötenkunde

Endlich gibt es eine Anlaufstelle für Schildkröten. Oder besser: für deren Besitzer. Denn bis die Kröten dort eintreffen, vergehen sicher Jahre.

Heute um 19 Uhr veranstaltet das »Turtles Rescue Center« im Seminarraum »The Porthole« in der Mosergasse 12 in Wien einen Informationsabend. – Der ist auch dringend notwendig.

Haben Tiere Kummer, leiden wir mit ihnen. Wissen wir nicht, was ihnen fehlt, leiden wir noch mehr. Katzen jammern wenigstens. Hunde winseln und speiben. Goldfische lassen sich treiben. Aber wie outen sich marode Schildkröten? Bisher galt unter Laien: Schildkröte auf dem Bauch – alles okay. Schildkröte auf dem Rücken – irgendetwas stimmt nicht. Erfahren wir nun endlich mehr? Etwa:

Gesichtsfarbe. Graugrün bis graubraun und matt: Schildkröte gesund. Graugrün bis graubraun und auffallend matt: Schildkröte krank.

Haut. Faltig gerunzelt: Kröte fit. Furchig gerunzelt: Kröte kränkelnd.

Bewegung. Rhythmische Schübe bei ruhender Panzerlage: austrainiert. Unrhythmische Schübe bei ruhender Panzerlage: Muskelkater.

Geräusche. Brüchiges Hüsteln mit gelegentlichen Stoßseufzern: Schildkröte bei guter Alltagslaune. Brüchiges Hüsteln mit häufig wiederkehrenden Stoßseufzern: Novemberdepression.

Erdachte Muskeln

Wissenschaftler an der Universität von Brighton fanden heraus (fängt gut an, nicht?), sie fanden heraus, dass Sport dadurch ersetzt werden kann, dass man daran denkt.
Man muss ihn also nicht extra tun, um nachher gut trainiert zu sein. (Somit spart man sich das einzig Unangenehme am Sport: seine Ausübung.)
Dies stand jüngst in einigen seriösen österreichischen Zeitungen, seriös versteckt, damit die in Brighton, die Wissenschaftler, nichts davon mitkriegen. Sonst beginnen sie womöglich an ihren eigenen Leistungen zu zweifeln.
Dabei liest sich die These vom Denk-Sport erschöpfend kurz und gut untermauert: »Eine Gruppe Studenten musste ihre Finger beugen, eine zweite nur ans Beugen denken. Bei beiden Gruppen nahm die Muskelstärke der Finger nach vier Wochen signifikant zu.«
Wir sind tief beeindruckt – und beginnen mit fünfzig geistigen Liegestützen. Sind unsere Arme gestählt, so wagen wir uns an »Sit-ups« heran, eine Übung, die tatsächlich nur kognitiv durchzuhalten ist: Am Rücken liegen, Oberkörper anheben, 30-mal. Spüren Sie's? – Männer, das ist kein Magendurchbruch! Das ist der Bauchmuskel! Und jetzt schnell an etwas Unsportliches denken.

Ups und O-O

Manchmal fehlen uns die Worte. Manchmal drängen sich welche auf – doch wir verzichten. Wozu gibt es Laute, die den Anforderungen des täglichen Lebens mit viel geringerem Aufwand gerecht werden: *Uffff.* (Das war knapp.) *Hoppala.* (Schon passiert.) *Aah.* (Angenehm.) *Iih.* (Kalte Zehen.) *Pfff.* (Tolles Flugzeug.) *Pfoo.* (Und es fliegt.) *Wui.* (Es macht Loopings.) *Wusch.* (Abgestürzt.) Und so weiter.
Nicht mehr egal ist uns die inflationäre Verwendung des Mode-Lautes *Ups.* (Kreuzung zwischen einem *Uuh* des Schreckens und einem *Hops* der Harmlosigkeit.) Abhängige Upser upsen von früh bis spät bei jeder minimalsten Veränderung der Wirklichkeit. (Etwa wenn ein Blatt Papier zu Boden fällt.) Schütten sie Kaffee aus, upsen sie bis zur vollen Stunde. Das nervt.
Unerträglich ist die Verwendung des phonetischen Durchstarters *O-O.* (In Österreich für: Da schau her! In Deutschland für: Herrjemine!) O-O lebt von der Wucht einer unsanft herabfallenden Terz und klingt in etwa so, als würde ein Chor aserbaidschanischer Saatkrähen über Lautsprecher »Kuckuck« zu rufen versuchen.
Deshalb unser dringendes Ersuchen an O-O-er in aller Welt: Hört auf damit! Euer O-O ist weder originell noch eine Minute länger auszuhalten.

Ich bin Greenspan

Unlängst in der U-Bahn überlegten ein paar Schüler laut, wer sie gerne wären: Man einigte sich auf die *Backstreet Boys*. Erwachsene haben sich in der Regel damit abgefunden, dass sie (nur) geworden sind, was sie sind. Ich mache heute eine Ausnahme – und wäre, wenn ich es mir aussuchen könnte, am liebsten: Notenbankchef Alan Greenspan. Drei Minuten genügten mir.
Ich starte mit einem Seufzer, der die Wallstreet in den Sumpf zieht: Der Dow Jones büßt 150 Punkte ein. Ich versuche das Mikrofon zu meinem Mund zu biegen, scheitere und sage: »Die Technik ist ein Hund.« Daraufhin spricht der Mikrofonhersteller *Mikrostrong* eine Gewinnwarnung aus und reißt die Nasdaq in den Abgrund. Ich eröffne und schließe meine Rede mit den Worten: »Die Aussichten sind …« Mein linker Daumen zeigt nach oben, mein rechter nach unten. Während an der Börse in Tokio eine Kursrallye einsetzt, brechen die europäischen Finanzmärkte ein. Danach wechsle ich die Daumen. Schließlich blicke ich auf die Uhr (und beflügle die Uhrenbranche), packe ein Thunfischsandwich der Firma *Tona* aus und beiße genüsslich hinein. Das war's. Tags zuvor habe ich Millionenkredite aufgenommen und *Tona*-Aktien gekauft.

Die Ameisenzählung

Aus einer sehr interessanten und erfreulich weltoffenen Geschichte im jüngsten *News* mit dem Titel »Wenn jedes Leben zählt« geht hervor, dass die UNO tatsächlich jedes Leben gezählt hat, nämlich jedes Tier. Es wurde eine richtige Inventur aller Lebewesen gemacht und jetzt liegen die Zahlen vor: 5,45 Millionen Lamas, 14,14 Millionen Maultiere, 209,22 Millionen Gänse. Nur 60,94 Millionen Pferde, aber 162,36 Millionen Hausbüffel. – Komisch. Also ich kenne niemanden, der daheim einen Büffel hat. Die eindrucksvollste Recherche: Es wurden 10.000.000.000.000.000 Stück Ameisen gezählt. Erstens ist die Zahl imposant. Zweitens: Hochachtung vor dem Zähler! Das muss ja eine irre Arbeit gewesen sein. Gut, die runde Zahl lässt darauf schließen, dass es ein paar »Zerquetschte« mehr oder weniger gewesen sein können. Aber haben Sie schon einmal versucht, in einen Ameisenhaufen eine numerische Ordnung hineinzubringen? Und: Wie verhindere ich, dass ich Ameisen doppelt zähle? Haben gezählte vielleicht ein Mascherl um den Hals bekommen? Wer hat zehn Billiarden Ameisenmascherln gebastelt? Wer hat sie geschnürt? Wo sind die wahren UNO-Helden?

Geständige Nasenbohrer

Womit vertreiben sich deutsche Männer beim Autofahren die Zeit? Gefragt hat *Playboy*, wodurch erahnbar wird, warum drei Prozent (damit) angaben, sie »befummelten« zum Zeitvertreib eine »am Nebensitz vorhandene Dame«.

Immerhin jeder achte Deutsche soll die Zeit im Auto mit Gedanken totschlagen. Besonders nachdenklich wollen Männer über fünfzig sein, während die Jungen lieber »im Verkehr herumflirten« – was die Älteren wohl umso nachdenklicher macht. Zwei Prozent der Deutschen gaben an, sie nützten die Zeit, um in der Nase zu bohren. Fällt damit das letzte hartnäckige Tabu?

Wir alle wissen: Männer sind Nasenbohrer, seit sie Nasenlöcher (und Finger) haben. Die Motive sind mannigfaltiger Natur: Jagdinstinkt, Forschergeist, Befreiungsdrang, Reinigungstrieb, Sammelleidenschaft. Doch der noble Mann bohrte stets und schwieg. Er grub im Verborgenen, scharrte im Finsteren, fischte im Trüben. Wurde er dennoch erwischt, so stritt er rigoros ab. Seitensprünge? Ja, zugegeben. Nasenbohren? – Niemals.

Nun sind also erstmals Männer geständig: deutsche Autofahrer. Wohl verbergen sich hinter diesen zwei Prozent gigantische Dunkelziffern. Aber der Bann ist gebrochen, das neue Selbstbewusstsein der Nasenbohrer unübersehbar. Es wird noch der Tag kommen, da werden sie uns mitteilen, was sie im Auto damit tun, wenn sie fündig geworden sind.

Vergesst Regenschirme!

Gestern früh regnete es hingebungsvoll. Jeder vernünftige Mensch hätte daheim bleiben sollen. Jeder vernünftige Chef hätte das akzeptieren müssen. Doch es siegte in breit gefächerter Front die Unvernunft. Alle waren unterwegs. Alle unter Regenschirmen.

Es gibt schwarze, weiße, rote, gestreifte, gepunktete, karierte Schirme. Es gibt Knirpse, Aktenkoffer-freundlich zusammenstauchbare Qualitätsprodukte für Bausparer. Drückt man beim Trockentest auf den Knopf, schießt das Metallgestell vor und der Knirps wächst über sich hinaus. Bedient man die Automatik bei der Uraufführung im Regen, klemmt das Gestell, der Knirps bleibt Knirps und darf eingepackt oder weggeschleudert werden. Es gibt händisch aufspannbare Schirme, die im Regen niemals einrasten, bevor man ausrastet. Schirme, die sich in die falsche Richtung krümmen und abheben. Schirme, zum Skelett abgemagert, mit lasch herabhängenden Stofffetzen. Schirme, die sich nie mehr abspannen lassen. Schirme, die sich (in voll besetzten Waggons) von selbst wieder aufspannen.

Es gibt keinen Schirm, der kann, was er sollte: Regen abhalten. Im Gegenteil. Schirme ziehen Regen an. Nichts trieft mehr als ein benützter Schirm. Wirklich nass wird, wer sich nicht rechtzeitig davon befreit. Also werft sie weg. Lasst sie angelehnt. Vergesst sie. Dafür sind sie wie geschaffen.

Die weißen Hauben

Liebe Tante Anna! Du weißt, dass wir dich gern haben und dass wir dich so nehmen, wie du bist (du lässt uns ohnehin keine Wahl). Du kommst eben aus einer anderen Zeit und denkst nicht daran, sie wegen uns zu verlassen. Deine Jausen sind mit sehr viel Liebe zubereitet, auf deine selbst gemachte Biskuitroulade bist du mindestens eine Woche stolz, ehe du sie uns anbietest. Wir nehmen natürlich Rücksicht auf dein Herz und trinken aus Solidarität deinen koffeinfreien Kaffee, den du uns mit gesüßtem Schlagobers servierst. Einen anderen kriegen wir ohnehin nicht. Es freut uns, dass du zwischen deinen Ausführungen über Ischias, Rheuma und der dich betreffenden Fusionierung der beiden auch immer ein Ohr für unsere Anliegen hast, auch wenn es jenes Ohr ist, mit welchem du nur noch stichprobenartig zuhörst. Wir bewundern deine Rüstigkeit, uns imponiert deine modische Anpassungsfähigkeit (an die 50er Jahre).
Liebe Tante Anna! Tust du uns nur bitte einen Gefallen? Wenn du dich schon nicht von ihr trennen kannst, so nimm sie im Restaurant und im Kaffeehaus doch wenigstens ab – deine winterfeste bewachsene Lampenkugel, deine weiße Fellhaube. Sie ist so hääääääääässlich!

Beziehungskrise

Kollegin L. (Datenschutz) ist unlängst an ihrem Arbeitsplatz etwas sehr Tragisches widerfahren. Ihr eigener Computer hat sie nicht mehr erkannt. Auf dem Bildschirm stand weiß auf blau: »User unknown!«

Dazu muss man wissen, dass die beiden nun schon seit drei Jahren zusammen sind. Sie meisterten gemeinsam den Alltag. Nur die Urlaube verbrachten sie getrennt. Es war eine Vernunftbeziehung. Die große Leidenschaft gab es nur in der ersten Phase, als noch alles neu war, als man sich gegenseitig entdeckte. Die Rollen waren immer klar verteilt. Sie war bestimmend, er führte die Befehle aus. Man hatte aber nie das Gefühl, dass er darunter litt. Auch die Sitznachbarn können sich an keine »Szenen« erinnern.

Am Montag haben sie noch sechs Stunden gemeinsam gearbeitet. Am Dienstag sprach er plötzlich nicht mehr auf sie an. Techniker versuchten zu vermitteln. Vergeblich. Er tat, als würde er sie nicht kennen, als hörte er ihren Namen zum ersten Mal.

Jetzt wollen sie L. neu einspeichern. Angeblich soll dann wieder alles funktionieren. Aber wir alle wissen: Es wird nicht mehr so sein wie früher. Wenn es ihm einmal schlecht geht, wenn er abstürzt, wird sie ihn fallen lassen.

Ein Herz für Fruchtfliegen

Aus San Francisco erreichte uns die Nachricht vom Ableben einer dreißigköpfigen kalifornischen Fruchtfliegenfamilie. Die diesbezügliche Agenturmeldung war – schon das ist makaber – dem Themengebiet »Bunt« zugeordnet. Der Bericht war tendenziell fruchtfliegenfeindlich: Der Täter, ein 15-jähriger Schüler aus Mill Valley, wurde in die Märtyrerrolle gedrängt. Er hatte im Rahmen eines Forschungswettbewerbs die Auswirkungen von Strahlen auf die Fortpflanzung der Fruchtfliegen studiert. Dabei sind ihm dreißig der zweihundert Versuchstiere quasi unter der Hand verendet. (Todesursache: bakterielle Infektion.) Worauf der Bursche wegen »grausamer Tierquälerei« disqualifiziert wurde.

Wir sagen: völlig zu Recht!

In jedem noch so kleinen Tierchen schlägt ein Herz!

Fruchtfliegen haben eine Lebenserwartung von 21 Tagen. Ist das nicht kurz genug?

Fruchtfliegen sind hässlich und essen Obst. Kein Naturschützer macht sich für sie stark. Sie brauchen uns.

Fruchtfliegen sind Frühlingsboten. Ohne Fruchtfliegen kein Frühling. In Amerika werden sie ausgerottet – und wir wundern uns, dass es bis Ostern schneit.

Richtig trennen (I)

In der jüngsten Ausgabe der Zeitschrift *Medizin populär* erfährt man: »Wie man sich richtig trennt.« Das dürfte insofern etwas mit populärer Medizin zu tun haben, als man sich viel davon sparen könnte, wenn man sich richtig trennen würde.

Geschickt unterscheidet die Autorin nach dem Trenn-Verursacherprinzip: »Wenn man selbst genug hat.« Und: »Wenn der andere genug hat.« Wir bleiben beim angenehmeren ersten Fall. Hier rät uns *Medizin populär* einerseits: »Überstürzen Sie nichts.« Andererseits: »Zögern Sie nicht.« Ein eleganter Mittelweg wäre die zaudernde Entschlossenheit.

»Scheuen Sie sich nicht, mit einem guten Freund oder einem Arzt darüber zu sprechen.« Warum hier der Apotheker ausgelassen wurde, bleibt rätselhaft.

Der wichtigste Schritt: »Das offene und ehrliche, aber kultivierte Gespräch mit dem Partner, in dem Sie ihn auch über Ihre Entscheidung informieren.« – Aber vielleicht besser nur am Rande. Denn: »Hüten Sie sich davor, den Stolz des anderen zu verletzen.« Geheimtipp: Trennen Sie sich, ohne dass er es merkt.

Richtig trennen (II)

Wir sind Ihnen zum Thema »Wie man sich richtig trennt« das heikle Unterkapitel »Wenn der andere genug hat« schuldig geblieben. Die Anleitungen verdanken wir *Medizin populär*, einer Zeitschrift der Österreichischen Ärztekammer. Dort kennt man sich mit Trennungen mindestens so gut aus wie mit Verrenkungen.

»Ein halbwegs sensibler Mensch spürt das« (wenn der andere genug hat), meinen die Mediziner. Leider hat der andere oft gerade deshalb genug, weil der eine kein halbwegs sensibler Mensch ist (und deshalb auch nicht spürt, dass der andere genug hat).

Egal. »Achten Sie – wie beim Start einer Liebesbeziehung – auf Signale.« Zum Beispiel: Der Partner isst schlecht, schläft schlecht, legt sich daher spät nieder und kommt oft erst in der Früh nach Hause.

»Wichtiger Tipp: nicht nachlaufen.« Besser: vorlaufen, auflauern und in flagranti erwischen. Das lindert garantiert den Trennungsschmerz.

»Ein deutliches Signal ist auch die Tatsache, dass man sich nichts mehr zu sagen hat.« Aber das sollte man nicht überbewerten, solche Beziehungen halten oft am allerlängsten.

Maus will es wissen

Im halb besetzten Abteil der an einem verschlafenen Montagmorgen in die Arbeit gleitenden U4 ist es still. Bevor es piepst. Der entlarvte Handybesitzer mittleren Alters mit jugendlicher Krawatte verwüstet vor Aufregung seine (ehemals) großformatige Zeitung und flüstert verstohlen, einer interessierten Zuhörerschaft ausgeliefert: »Ja. Was gibtdenn? Nein, Maus. – Jetzt nicht. – Ich bin nicht allein. – In der U-Bahn. – Später, Maus.« Keine Chance: Maus will hier und jetzt.

»Um eins«, erfährt die U4-Belegschaft. »Ah so, zwei war's schon?« (Erwischt.) »Nein, nicht viel.« (Alkohol?) – »Tut mir Leid.« (Aufgeweckt? Geschnarcht?) – »Leicht verkühlt.« (Lüge!)

Jetzt will es Maus wissen. – »Schwer zu sagen.« (Dienstschluss?) – »Unheimlich viel los.« (Tolle Firma.) »Eine Abendsitzung.« (Na sicher.) »Kann spät werden.« (Garantiert.) »Ja, ich bemüh mich.« (Lüge!) »Nein, ich versprech's dir.« (Leichtsinn.) »Baba, Bussi, Maus.« (Erledigt.) – Tiefer Seufzer. Erleichterung. Stummer Applaus in der U-Bahn.

Morgengrauen

Wir haben die Frage offen gelassen, warum österreichische Gästezimmer auch in den restlichen neunzig Prozent der Saison (in der toten) im Schnitt um zehn Uhr früh geräumt sein müssen. Von Ihren zahlreichen Wortspenden sind folgende der Wahrheit sehr nahe gekommen: »Weil es so ist.« »Weil es immer so war.« Und: »Damit die Heizung abgedreht werden kann.« (Setzt natürlich voraus, dass sie in Betrieb war.)

Die richtige Antwort wäre gewesen: »Damit die Frühstückszeiten eingehalten werden können.« Ja, wir Österreicher frühstücken verdammt früh, und wir sind stolz darauf! Ehe der pannonische Freilandhahn dreimal kräht, hat sein Besitzer drei Rühreier mit Speck vernichtet. Während dem Italiener noch das mit Grappa versetzte Dolce vom Nachtmahl am Gaumen klebt, träumt der Maissauer Nebenerwerbsbauer bereits vom ersten Blunzeng'röstel.

Die Franzosen steigen mit ihrem »petit déjeuner« erst ein, wenn es bei uns schon nach Schweinsbraten riecht. Im Gegensatz zum verjunkten Amerika – »Breakfast« kann man praktisch durchgehend essen – nimmt unser Gastgewerbe das Wort »Frühstück« nämlich wörtlich. Und wir kriegen unsere Pensionsgäste schon noch dorthin, dass sie um Punkt sieben lustvoll das erste Marmeladeplastikpäckchen öffnen!

Uwe ist fertig

Uwe ist der jüngste Mediziner, der je in Österreich promoviert hat. Aus diesem Anlass hat er uns einen Brief geschrieben. (Sonst hätten wir es vielleicht gar nicht erfahren.) Fabelhaft, Uwe! 22 Jahre, vier Monate. Und schon fertig.

Über drei Absätze beschreibt er die einzelnen Studienstreckenrekorde. Nebenbei war er wissenschaftlich tätig, absolvierte er Kurse und nahm an Kongressen teil. Wir glauben ihm jedes Wort. »Indikationen der konservativen Therapie bei parenchymatösen Verletzungen des Abdomens« erfindet man nicht.

Uwes »Gedanken zum Studium«: »Die Kraft zu meinem raschen und zielstrebigen Werdegang schöpfte ich aus dem tollen Verhältnis zu meiner Mutter und meinem Vater ... In seiner Todesstunde gab er mir noch einen letzten Wunsch mit auf den Weg: ›Mein Sohn, du sollst dich bemühen, ein Arzt mit Klasse, aber vor allem auch mit Herz zu werden.‹«

Bevor Uwe abschließend seine »langjährige Freundin« würdigt, ohne die er nicht wäre, was er ist (fertig), verrät er uns seine Lebensphilosophie: »Wichtig ist, den Graben zwischen Entschluss und Ausführung äußerst schmal zu halten.«

Lieber Uwe, bleib dran! Und bitte halte uns stets auf dem Laufenden, wo du gerade operierst.

Kein Blatt vor dem Mund

Der Herausgeber des *WirtschaftsBlatts* animiert seine Mitarbeiter laut *profil* zu unbezahlter Eigenwerbung. Etwa: »Lassen Sie Restexemplare – auch alte Ausgaben – in Restaurants, Ordinationen, Zugabteilen liegen.« Oder: »Fragen Sie, sooft Sie können, in Trafiken, Kiosken und bei Kolporteuren laut und deutlich nach dem WirtschaftsBlatt (am besten montags und abends nach acht Uhr, wenn Sie sicher sein können, nicht kaufen zu müssen).« Aus gutem Grund bittet er zum Schluss seines internen Aufrufs um weitere PR-Vorschläge dieser Art. Wir erlauben uns, ein bisschen behilflich zu sein:

- Basteln Sie aus Restexemplaren lustige Papierhütchen und verwenden Sie sie bei Schnee, Regen oder auch als Schutz gegen Sonne. (Achten Sie darauf, dass der Schriftzug »WirtschaftsBlatt« deutlich sichtbar ist.)
- Setzen Sie das Gerücht in Umlauf, dass es heuer absolut trendy sei, sich im Fasching als WirtschaftsBlatt-Kolporteur zu verkleiden.
- Mischen Sie sich unauffällig in Demonstrationszüge, entreißen Sie dem Anführer das Megafon und rufen Sie mindestens dreimal rhythmisch »WirtschaftsBlatt«.
- Täuschen Sie, nach Vorbild des Films »Harry und Sally«, in gut besuchten Lokalen lautstark Orgasmen vor und lassen Sie Ihre heftiger werdenden Stöhngeräusche im Wort »WirtschaftsBlatt« gipfeln.

Schnaps vom Haus

Im Restaurant isst es sich angenehmer als daheim. Man muss nicht kochen. Man darf sich vom Teller vollinhaltlich distanzieren. Man muss weder abräumen noch Geschirr abwaschen. Man kann sich mit der Zunge die Zähne putzen, kaum einer hört zu. Kellner bedanken sich pausenlos grundlos. Und so weiter.

Leider ergeht sich die heimische Gastronomie zunehmend in einer besonders perfiden Art der Zwangsbeglückung. Kennwort: »Schnaps vom Haus.« Dieser kommt, wenn man gehen will. Überbringer ist zumeist der Chef persönlich. Dabei schult er sich in grob bestechlichen Augenaufschlägen.

Der Grieche bietet Metaxa, der Italiener Grappa. Der Österreicher wartet gern mit Obstlern auf, in einfacheren Häusern oft unter dem lüsternen Zusatz: »Selbst gebrannt!« (Des Wirten Stimmbänder belegen das Scheitern von Löschversuchen.)

Der Gast ist hilflos. Austrinken geht nicht (mehr). Zurückschicken wäre eine Beleidigung auf Lebenszeit. Einziger Ausweg: wegschütten. Dazu zwei Tipps:

– Immer einen Schluck Cola im Glas übrig lassen, um die Geschenke dazuleeren zu können. (Bei klaren Schnäpsen tarnt auch Wasser gut.)
– Setzen Sie sich in die Nähe von Pflanzen. Grüngewächse vertragen zwei bis drei Schnäpse pro Woche. Plastikblumen fünf Promille.

Blind Date

Ich finde, die Leute, die allein sind und zu zweit sein wollen, müssten einander mehr suchen, um einander zu finden – und sie sollten einander weniger treffen, um einander zu erschrecken. Ich sage das nicht aus ökonomischem Neid, weil ich es zu keiner Goldgrube namens Partnervermittlungsinstitut gebracht habe.

Aber ist das Kennenlernen eines Menschen, der zu einem passt und der gleichzeitig beansprucht, dass man selbst zu ihm passt, nicht schon schwer genug? Muss man dann auch noch Blindekuh spielen? Wer jemals die TV-Sendung »Herzblatt« sehen musste, kennt die erschütternde Szene, wo die Wand verschwindet – und das verbalerotisch aufgeganselte, frisch verkuppelte Paar bekommt einander erstmals zu Gesicht. In Bruchteilen von Sekunden weiß er: mit ihr schwer! Und sie: mit ihm nie! Oh Gott, und den beiden steht eine romantische Reise zu zweit bevor. Gut, beim Blind Date sind es nach den ersten fünf Schrecksekunden oft nur ein, zwei qualvolle gemeinsame Stunden. Aber auch die müssen erst einmal abgesessen werden.

Von allen Sinnen, die einen bei Liebesangelegenheiten blenden, ist der Sehsinn noch der verlässlichste. Will er/sie sie/ihn haben, muss sie/er ihm/ihr zunächst einmal optisch gefallen. Wenn's klappt, hat man ohnehin Dutzende Jahre Zeit, einander gegenseitig zu versichern, dass es wichtigere Dinge als das Aussehen gibt.

Nachruf

Vielleicht erinnern Sie sich noch. Er kam gern schon im März, pustete in der Früh den Reif von den Gräsern, jonglierte mit Wolken und Nebelfeldern, hob sich dabei aber nie einen Bruch. Er war ein Leichtgewicht. Wenn er übers Land zog, hinterließ er zarte Grüntöne, dirigierte er schüchterne Vogelchöre, legte er eine Spur sanfter Wärme an den Tag und auf die kühle Erde.

Er war ein Meister des Übergangs. Er ließ uns den strengen Frost vergessen und bereitete uns schonend auf übertriebene Hitze vor. Er war kein Hetzer und niemals selbst der Gehetzte. Er ließ die Zeit um sich reifen. Er war ausgeglichen, stets in seiner Mitte. Er war die Ruhe in Saison.

Wenn es ihm gefiel, blieb er bis in den Juni hinein bei uns. Er war ein Ästhet, spielte mit Farben, umgab sich mit frischen Gerüchen. Und er war ein Modezar. Seine Marke hieß »Übergang«. Niemals gingen wir ohne seine Jacken außer Haus.

Nun, er ist nicht mehr. Zuletzt machte er sich immer rarer. Heuer warteten wir vergeblich auf ihn. Er kam mit den Extremen nicht mehr zurecht, wurde Opfer eines Klimas, das kein stetes Werden zulässt, nur noch ein schnelles Sein. Als er den Winter verabschiedete, fraß ihn der Sommer auf. Wir nannten ihn: Frühling.

Verfolgung mit Panflöten

Robert mag Straßenmusik. Geigen würde er zwar geschlossen aus dem Verkehr ziehen. Und wer innerhalb einer Stunde dreimal die »Mike-Hammer-Melodie« bläst, sollte dazu angehalten werden, sein Saxophon zu schlucken. Aber Gesangsstudentinnen, die zu Tonbandbegleitung »Ave Maria« geben, würde Robert am liebsten vom Fleck weg adoptieren – und ihnen Jusstudien finanzieren. Traumatisch wird die Sache bei den Südamerikanern. Hier gibt es eine bolivianische Musikertruppe, die es sich offenbar zum Ziel gesetzt hat, Robert durchs Leben zu begleiten. In der Wiener Kärntner Straße sah er sie zum ersten Mal: fünf fröhliche Gesellen mit Panflöten, bunt gestreiften Ponchos und Haaren, die fast den Boden berühren (nicht weil die Haare so lang, sondern weil die Männer so klein sind). Tags darauf hatte Robert in Graz sein erstes bolivianisches Déjà-vu-Erlebnis. Am Marktplatz warteten sie schon und grinsten. Weitere Begegnungen in Paris, Salzburg und (drei Stunden später) in Linz wurden immer einseitiger herzlich. In Rom verspürte Robert erstmals Angst. Seit dem schockierenden Wiedersehen auf der Prager Karlsbrücke gastiert die Gruppe auch in seinem Schlafzimmer.

Jüngst hatte er einen schrecklichen Alptraum: Da waren die fünf Gleichen plötzlich hundert Verschiedene und gaben ihm zu Ehren ein gigantomanisch-bolivianisches Platzkonzert.

Scheidung auf Klick

In den USA können sich Eheleute bereits via Internet scheiden lassen. In Österreich noch nicht. Aber wenn einmal, dann etwa so:

Lieber Berti, wir sind jetzt 17 Jahre verheiratet. Es war eine schöne Zeit, vor allem die ersten drei Monate. Erinnerst du dich? Aber ich glaube, wir haben uns ein bisschen auseinander gelebt. Die Kinder sind jetzt auch schon größer. Und der Wastl geht ohnehin lieber mit dir Gassi.

Kommen wir zur Sache: In deiner Mailbox findest du ein Dokument mit dem Titel *Ade@bert*. Mit Doppelklick kommt die Erklärung. Du brauchst nur auf »Einvernehmlich« und »Enter« zu drücken. Damit ist das erledigt. Jetzt geh auf *Ade@kind*. Das ist das Besuchsrecht. Klicke »nach Vereinbarung« an. *Ade@gut* sind unsere Güter. Das kannst du ungeschaut schicken. Du behältst die CDs, ich nehme die Bücher. Überflieg dann *Ade@notar* und schicke es. Wenn du jetzt *Ade@baba* aufmachst, siehst du »Abbrechen« und »OK«. Grübeln bringt nichts! Drücke OK und wir sind endgültig geschieden.

Ich hoffe, ich hab dich nicht zu sehr aufgehalten.

Deine Ursi.

PS: Wir können ja Freunde bleiben. :-)

Entführungsurlaub

Unlängst schwärmte eine Frau Gudrun in einer Kultursendung vom Reiseland Jemen, wo es pauschal noch keinen Tourismus geben soll, nur extrem freundliche Araber. Knapp bevor Millionen Zuschauer Flugtickets in den Jemen buchen konnten, warf die Moderatorin kritisch ein: »Ist das Land nicht gefährlich? Werden dort nicht immer wieder Frauen entführt?« – Gudrun freute sich über diese Frage und erwiderte: »Ja, ja, vor allem Touristinnen, aber die Geiseln werden an sich gut behandelt und nach dem Urlaub waren immer alle zufrieden.«

Das war mehr als ein Dialog. Das war eine Herausforderung. Denn wir Urlauber sind Abenteurer. Wir haben regungslose Elefanten bestiegen, auf versickernden Flüssen Rafting betrieben. Und im zehn Meter tiefen Ozean haben wir durch unsere Taucherbrillen gestochen scharf in die dreimal so großen Augen des Trafikanten von nebenan geblickt. Uns schockiert nichts mehr.

Wir wären reif für die gebuchte Geiselnahme. Uns fehlt nur noch ein »Reisebüro Serail« und dessen Angebot: »Fliegen Sie nach Jemen. Lassen Sie sich entführen. Wählen Sie Ihre bevorzugte kriminelle Organisation. Bestimmen Sie Kidnapping-Ort und -Dauer. Und sollte für Sie wider Erwarten kein Lösegeld bezahlt werden: Geldzurückgarantie.«

Die Hinterfüllung

Wer ein neues Haus besitzen und bewohnen will, hat drei Möglichkeiten: Entweder er kauft eines. Oder er baut eines. Oder er lässt eines bauen. Das mit Kleinkind und zwei (weiteren) Fulltimejobs ausgestattete junge Wiener Ehepaar K. wählte die kostspielige Variante drei (und ersucht um psychologische Betreuung).

Denn: »Haus bauen« heißt, dass man sich um den Bau des Hauses selbst kümmern muss. »Haus bauen lassen« aber bedeutet, dass man sich nicht nur um den Bau, sondern auch um die Bauer des Hauses kümmern muss. Bei manchen Tätigkeiten treten Professionisten mehrerer Firmen gegeneinander an. Zu anderen fühlt sich wiederum keiner berufen.

Wir blenden uns in die Ausbauphase 117 (von 345) ein: Keller vorhanden, Nerven weg, Haus ragt noch nicht aus der Erde. Bauleiter: »Wissen S' eh, a Hinterfüllung brauchen S'!« (Er meint: Schotter rund um den Keller.) Familie K.: »Ah so? Gerne.« Bauleiter: »So was mach'n wir aber leider net!«

Familie K. lässt sich beraten. Experte eins: »Nehmen S' an Betonschotter.« Experte zwei: »A gute Rollierung wär wichtig.« Experte drei: »Der Überlauf muss passen.« Experte vier: »Da würd ich einen normalen Rollschotter empfehlen.« – Verkäufer eins: »Hamma net!« Verkäufer zwei: »Einen Riesel können S' haben.« Verkäufer drei: »Gewaschen oder ungewaschen?«

Wie man Kellner ruft

In den Gaststätten Österreichs ist das Bestellen schwieriger geworden. Es gibt immer weniger Personal, weil die Zeiten schlechter sind, als der Chef es verdient haben will.

Die wenigen Servierkräfte tauchen selten auf. Und wenn, dann verschwinden sie rasch wieder, weil sie zu viel zu tun haben, um sich um Einzelfälle zu kümmern. Sind sie einmal da, schauen sie so traurig, dass man es oft nicht übers Herz bringt, etwas zu bestellen. Denn das könnte sie endgültig aus der Bahn werfen.

Manchmal erwischt man sie von hinten, schemenhaft, über einen fernen Tisch gebeugt, wo sie gerade abkassieren. – Das ist die große Chance. Jetzt muss man sie herrufen. Aber wie sagt man? Wie nennt man sie? Bei Männern geht's leichter:

- Klassisches Kaffeehaus, steifer Herr in Schwarzweiß mit Silbertablett. Ganz klar: »Herr Ober, bitte!«
- Bürgerliches Restaurant, der Mann im grünen Gilet, das nach Schnitzel duftet: »Herr Kellner, bitt schön!«
- Einfacher Wirtsbetrieb, berühmt für sein saftiges Freitag-Beuschel, serviert vom feschen Kurti: »Meister, gengan S'!«
- Vorstädtisches Stambula-Espresso mit speckig-rotem Plüsch-Interieur, zuletzt geputzt bei der Eröffnung 1974. Einsame männliche Gestalt, mitten im entscheidenden Darts-Wurf: »Herr Cheeeef, kumman S'!«

Verbotene Fräuleins

An unserer Theorie, dass es für den Gast immer schwieriger wird, in Restaurants oder Cafés etwas zu bestellen, hat sich in der Zwischenzeit nichts geändert. Kürzlich bemühten wir uns von dieser Stelle aus, nach männlichem Personal zu rufen (Ober, Kellner, Meister, Chef).
Nun erhöhen wir den Schwierigkeitsgrad und versuchen, weibliche Servierkräfte, die uns den Rücken zukehren, an den Tisch zu bekommen. Zum Beispiel mit:

- *Frau Ober!* Wenn sich nichts rührt, versuchen Sie es mit »Schwester Oberin«.
- *Frau Chefin!* Die wenigsten sind es, die meisten leiden darunter.
- *Kollegin!* Im schlimmsten Fall lässt man Sie dafür Tische abservieren.
- *Frau äh!* Der Geheimtipp. Man muss sich nur drübertrauen.
- *Entschuldigen!* Devote Gäste sind beim Personal sehr beliebt. Sie zeichnet die Qualität des Wartens aus.
- *Gnädigste!* Wem Gnade gebührt. Resches Personal neigt zur Gnadenlosigkeit.
- *Fräulein!* Jahrzehntelang durften wir. Es hatte Charme und Pfiff. Über fünfzig freuten sie sich und den Jungen schadete es nicht. Doch die Frauen wollen nicht mehr. Sie drohen uns »Männlein« an. Da schon lieber hungrig nach Hause gehen.

Belanglosigkeiten (I)

Unerfreulich: Nirgendwo ist die Kommunikation schlechter als in einem Kommunikationsunternehmen. Erfreulich: nicht so bei uns. Hier eine Textprobe aus unserem täglichen E-Mail-Geschäftsverkehr:
Kollegin K: *Aufgrund einer Verwechslung durch die Reinigungsdamen haben wir jetzt eine Kaffeekanne, die leider nicht zu unserer Kaffeemaschine passt. Sollte es noch jemandem so gehen, wäre es ja ganz nett, wenn wir wieder zurücktauschen! Bei allen Super-Beschäftigten möchte ich mich für die Störung durch solche Belanglosigkeiten entschuldigen!*
Darauf Kollege P: *Nicht genug, dass man durch Belanglosigkeiten gestört wird, wird man jetzt auch noch durch belanglose Entschuldigungen gestört!*
Kollege F: *... und durch Beschwerden über belanglose Entschuldigungen!*
Kollege P: *... und durch Antworten auf Beschwerden über belanglose Entschuldigungen!*
Kollege F: *... Wie schnell so ein Tag vergeht!*
Kollege W: *Könnte man für so etwas nicht einen Chatroom einrichten? Ein günstiger Platz dafür wäre z.B. bei der Kaffeemaschine.*
Kollegin S: *... bei der Kaffeemaschine mit der richtigen Kanne, die sich nicht über Belanglosigkeiten beschwert ...*
Hoffentlich haben Sie keine größeren Sorgen als wir.

Belanglosigkeiten (II)

Was stört Leser so sehr, dass sie uns Post schicken? – Dazu folgendes Beispiel: »Sie schreiben«, schrieb uns Leserin Ilona (auf einer liebevoll gestalteten Ansichtskarte mit weidenden Schafen), »dass man ›daß‹ früher mit scharfem ›ß‹ schrieb. Ein weiches ›ß‹ gibt es zu meinem Bedauern bis heute nicht. Mit herzlichen Grüßen, Ilona …«
Wir nehmen uns zu selten die Mühe, Probleme dieser Art zu thematisieren. Heute probieren wir es und stellen auf Anhieb fest:

1. Nein, es gibt tatsächlich kein »weiches ß«.
2. Aber haben wir das behauptet? Schrieben wir nicht ausdrücklich »scharfes ß«? Dürfen wir nicht ein existierendes Gegenstück zu einer Sache in Schrift setzen, die es nicht gibt?
   (Vgl.: Roter Platz in Moskau; gibt es dort einen violetten? – Nein! Und schreiben wir nicht dennoch ungehemmt »Roter Platz«?)
3. Was blieb uns also übrig? Hätten wir »scharfes s« geschrieben, hätten wir uns doch dem Unmut von Leserbriefschreibern ausgesetzt, die da völlig zu Recht behaupten: »Scharfes s« gibt es nicht; »s« ist immer weich.

PS: Warum eigentlich nicht »hartes ß« gegenüber dem weichen oder »mildes s« gegenüber dem scharfen?
PPS: Warum »bedauert« die Leserin ausdrücklich, dass es kein »weiches ß« gibt? Ist es ihr schon einmal abgegangen?

Belanglosigkeiten (III)

Wie erwartet, meldeten sich (zwei) kritische Leser mit dem Ansinnen, wir sollten uns Belanglosigkeiten wie das redaktionelle Problem einer unpassenden Redaktions-Kaffeekanne (Teil I) und der umstrittenen Existenz eines »scharfen ß« (Teil II) sparen. Wir fragen erstens: sparen wofür? Und sagen zweitens höflich, aber bestimmt: nein! Denn mit Dingen von Belang meinen wir in diesem Lande gut versorgt zu sein. Die Erhaltungspolitik konserviert ja Wichtigkeiten, friert sie ein, taut sie auf und serviert sie uns zu jeder passenden Gelegenheit. (Kinder, Mütter, Verbrecher, Mieten, Strom, Benzin …) Wenn das der »kleine Mann von der Straße« hört, der darunter leidet, dass es ihm zwar verdammt gut, aber eben immer gleich gut geht, dann fadisiert er sich irgendwann und wählt lieber etwas Gefährlicheres.
Fazit: Dinge von Belang (etwa fünf Prozent) werden durch stereotype Breittretung mit dem steten Hinweis auf ihre Wichtigkeit – banal. Müssen wir wirklich immerzu darüber schreiben? Dürfen wir uns nicht auch einmal den restlichen 95 Prozent zuwenden, den aufwühlenden Belanglosigkeiten des Alltags?

Jagen und ernten

Die Jagdsaison ist offen wie nie. Ein gewisser Herr Bankowski wendet sich per Massenmail (eine der brutalsten Formen der öffentlichen Zuwendung) an alle immerbrunftigen österreichischen Weidmänner.
Nicht billig, gesteht er, *aber exklusiv sind unsere Jagdarrangements in Ungarn.* Nur keine Skrupel: Wo (Wild) gesät wird, *gehört das Ernten dazu, weil ein jeder den Lohn seines Einsatzes gerne nach Hause bringt,* weiß Bankowski. Und der Einsatz reicht ja oft bis zu fünf Patronen pro Abschuss. Der Hausherr rät deshalb: *Gönne dir, deinen Geschäftsfreunden oder auch tüchtigen Mitarbeitern die Ernte in unseren bestens geführten Revieren.*
Und nun zum Höhepunkt des Treibens: *Jagdliches Brauchtum und die den Jägern eigentümliche Geselligkeit kommen in den Jagdschlössern im Kreise echter Amazonen und Schmalgeißen nicht zu kurz und lassen erfüllte Jagdtage kurzweilig ausklingen.* Amazonen: gut trainierte, routinierte Kämpferinnen. Schmalgeißen: junge, noch unberührte Rehleins. Also nächtliches Freiwild für jeden Geschmack. In diesem Sinne: Weidmannsgeil!

Kleinraabs

Derzeit sollte man in Berlin sein. Dort ist man dabei. Diese Dynamik. Diese Unruhe. Dieser Geist. Diese Spannung. Diese (Ost-West)-Gegensätze. Dieser Aufbruch. Dieser Abbruch. Diese Baustellen. Dieser faszinierende Staub.
Vor zehn Jahren musste man in Bangkok sein. Wer was von sich hielt, war dort. Dann: Singapur. Wer was davon hielt, dass man was von ihm hielt, war dort. Seit zehn Jahren muss man in New York sein. Anfangs jährlich, später monatlich, heute wöchentlich, morgen täglich. Eigentlich sollte man dort geboren sein.
Wenigstens alle paar Jahre sollte man in Rom (und Paris) sein. Rom (und Paris) ist (sind) eben Rom (und Paris). Und wenigstens alle anderen paar Jahre sollte man in London sein. London ist eben London (nur teurer). Ab und an Prag – für die Biografie. Hie und da Venedig – für die Romantik. Wien? – Na ja, wenn einem nichts mehr einfällt. Graz – ausnahmsweise, fürs Herz. St. Pölten – jetzt wird es eng.
Kleinraabs. Das liegt im Waldviertel, von Gföhl hinauf, von Zwettl hinunter, von Horn hinüber. Kleinraabs. Dort muss man nicht sein. Dort kann man fast nicht sein. Dort ist niemand. NIEMAND! Wissen Sie, wie schön?

Was ist ein fester Lover?

Väter wälzen sich im Schlaf: Jede dritte 15-jährige Tochter gibt an, einen »festen Lover« zu haben. Damit nicht genug: Zehn Prozent der heimischen Mädchen wollen schon »Sex mit 14« gehabt haben – zwar nicht mit vierzehn Burschen, Gott verhüte, aber immerhin mit vierzehn Jahren.

Für das Privatleben der Jugendlichen gilt heute dreierlei: Erstens ist es das Gegenteil von allem, was mit Eltern zu tun hat. Zweitens unterliegt es einer eisernen Informationssperre, jede elterliche Frage danach stellt bereits einen unverfrorenen Eingriff dar. Drittens und generell werden Sätze wie: »Du kannst mit uns über alles reden«, als voyeuristische Anbiederung der (sabbernden) Alten empfunden und schroff zurückgewiesen. Die Leistung der katholischen Arbeiterjugend, welche es schaffte, 1700 Mädeln Privates zu entlocken, kann also gar nicht hoch genug eingeschätzt werden. Nun wollen es die Alten genauer wissen: Was heißt »fester Lover«? Was tun die fest miteinander? Fest miteinander ins Kino gehen? Fest Eis essen? Fest Händchen halten? Fest … ? Und wo bitte? Wie lang? Wie oft? Wozu? Und wer denkt an die Schule? Und wer zahlt die Nachhilfe?

Jede dritte 15-Jährige hat einen »festen Lover«. Was aber haben die ersten und zweiten? Mehrere lockere? Wie viele? Wie locker? – Tausende besorgte Eltern bitten die Katholische Arbeiterjugend um tiefergehende Befragungen.

Die Tage ohne Licht

Zu den größten Schikanen des ausklingenden Novembers zählten auch heuer wieder tägliche Verdunkelungsaktionen. Politikern blieb nichts anderes übrig, als nach Allerheiligen die Weihnachtsbeleuchtung zu aktivieren. Sie reicht aber leider nicht aus, um uns erkennen zu lassen, welcher Art die Mischung ist, nach der Wien riecht. (Punsch.) Wozu er da ist, wissen wir: Er hilft uns, ins neue Jahr zu gelangen, wobei er uns grausame Details über das »Wie« erspart.

Tage ohne Tageslicht wären an sich ein Fall für die Menschenrechtskonvention. (Allerdings ist Brüssel selbst nicht hell genug, um die Sache kritisch zu beleuchten.) Hier eine kleine Übersicht der Unzumutbarkeiten:

– Wir öffnen in der Früh die Augen – und merken keinen Unterschied, also schließen wir sie wieder und warten, bis es hell wird. Nach einigen Wochen verlieren wir unseren Job.
– Wir ziehen durch die Straßen und fühlen uns wie Laiendarsteller in einer russischen Schwarzweiß-TV-Produktion »Bukarest im Aufbruch«.
– Wir fallen blind vor Nieselgraupeln ins nächstbeste Geschäft. (Bei unserer Kontosperrung erfahren wir: Es war »Versace«.)
– Wir verkriechen uns daheim unter Decken und wissen: Was wir nicht sehen, ist noch nicht einmal der Winter.

Megasexy

Leserin Anna S. muss in die Schule. Sohn Tobias (11) richtete ihr von der Geo-Lehrerin per Mitteilungsheft aus: »Tobias schickt während des Unterrichts SMS anzüglichen Inhalts. Ich bitte Sie, in meine Sprechstunde zu kommen.«

Anna wollte sich ein bisschen vorbereiten und fragte ihren Sohn, was er denn so schreibe, wenn die Geografiestunde lang wird. »Eh nix«, murmelte er, »nur über die Lehrerin halt.« Und seine Wangen färbten sich pfirsichrosa. »Was?«, fragte die Mutter scharf (wie »Fass!«). »Na, dass sie gut ausschaut halt.« – »Was heißt ›gut ausschauen‹?« – »Na, dass sie hübsch ist halt.« – »Hast du ›hübsch‹ geschrieben?« – »Nein.« – »Sondern?« – »Sexy.« – »SEXY?«, kreischte die Mama. – »Megasexy.« (Er räusperte sich.) »Ultramegasexy.« Okay, auch schon egal: »Die Geo-Tante ist ein Ultramegasexyhexi.« – »Bist du wahnsinnig?«, fragte die Mutter. »Es stimmt aber«, trotzte der Sohn. – Was für eine aufgeklärte, reife Jugend! Wir hatten stumpfsinnig Papierflieger gebastelt, U-Hakerln verschossen und uns mit Plastikröhrln beflötet.

PS: Um Anna zu entlasten, bietet sich Tobias' Vater freiwillig an, die unangenehme Vorladung der Geografielehrerin auf sich zu nehmen.

Anders waschen (I)

Wir leben in einer Zeit sich virulent vermehrender Fernbedienungen. Die Chance, eine davon fernzubedienen und es schaltet sich der Fernseher ein, beträgt heute nur noch eins zu zwanzig. Nun wird uns auf Werbeplakaten das neueste Produkt der Firma *Kludi* aufs Aug gedrückt: Armaturen mit einer Infrarotfernbedienung für Leitungswasser. Meine erste Reaktion: Die muss ich haben! Zweite Reaktion: Was hab ich bisher falsch gemacht?
Ich weiß nicht, wie Sie sich waschen. Ich jedenfalls ging bisher direkt zum Becken hin, drehte den Wasserhahn auf und hielt die Hände darunter. War ich fertig, so drehte ich den Hahn zu und trocknete die Hände ab. (Ähnliches mit Gesicht, Haaren, Obst oder Geschirr.)
Das kann nicht richtig gewesen sein, denn wozu sonst benötigte ich jetzt eine Fernbedienung? Bediene ich sie im Wohnzimmer, so scheitert der Waschvorgang an der Distanz zum Wasser. Bediene ich sie am Waschbecken, so ist sie keine Fern-, sondern eine Nahbedienung. Es ginge: Klick. Wasser rinnt. Hände waschen. Hände abtrocknen. Klick. Wasser rinnt nicht mehr. Doppelklick. Wasser rinnt/rinnt nicht mehr. Klick. Rinnt. Und so weiter. – Als das Auto erfunden wurde, haben auch alle »Blödsinn« geschrien.

Anders waschen (II)

Beim Studium der Prospekte zeigte sich: Die hier vorgestellte Fließwasser-Infrarotfernbedienung der Firma *Kludi* ist noch genialer, als es die aktuellen Werbeplakate verraten. Es ist nicht nur so, dass man theoretisch gar nicht mehr anwesend sein muss, wenn man sich wäscht. Das neue Wasserhirn vollbringt vor allem in der Küche geradezu magische Kunststücke.

Die Fernbedienung lässt sich nämlich berührungslos betätigen: »Ein Wink genügt und die im Kopf der Armatur eingebaute Lichtschranke lässt das Wasser fließen. Ein zweiter Wink und sie stellt es wieder ab«, heißt es im Werbetext. Wir kombinieren. – Nicht winken: kein Wasser. Doppelt winken: kein Wasser. Danebenwinken: kein Wasser. Irrtümlich winken: Wasser. Winken und kein Wasser oder kein Winken und Wasser: Lichtschranke kaputt.

Die Fernbedienung kann aber noch mehr. Sie speichert Wassermengen und merkt sich Temperaturen. Merkt sich der Wasserbenützer dazu noch die entsprechende Taste (und hat er richtig eingespeichert), steht vollprogrammierten Fließ- und Waschvorgängen nichts mehr im Wege.

Keine Frage: Die Tage, an denen man sich kopflos einem Waschbecken nähern konnte, sind gezählt.

Rouladenklammern

Bald ist Ostern. – Eine heikle Kreuzung aus Weihnachten und Namenstag, ein Fest in der Grauzone zwischen Aufwand und Ignoranz. Gesucht sind Geschenke, die wenig kosten und aus dem Dunstkreis des Herzens kommen. Hier die besten Ideen von ihm für sie (Quelle: »Schatz und Vitrine«):

Wäscheklammernkörbchen (89,–). »Fast jede Hausfrau besitzt es schon und möchte es nicht mehr hergeben.« – Ein zweites kann dennoch nicht schaden.

Bügeleisenreinigungsstift (69,–). »Damit der Hausfrau auch Wäschebügeln wieder mehr Freude macht.«

Teelichthalter-Turnerin (169,–). »Für Sportlerinnen und alle, die Chrom lieben.« Bequem abzustauben.

5er-Rouladenklammern (89,–). »Rouladen fest im Griff. Einfach die Klammern um die Roulade klemmen.«

Teleskopmop (169,–). Für unsere kleinen Hausfrauen: »Mit ihm kommen Sie beim Hausputz selbst in die entferntesten Winkel.«

WC-Hexe (69,–). »Jede Hausfrau kennt sie, die Problemzonen im WC-Becken.«

Elektrischer Nasenhaarschneider (219,–). Jetzt rasch schönmachen. Er kommt sicher bald!

Gravitation und Mode

Die Jugend leidet. Seit Jahren grübeln wir, worunter. Da sie es selbst nicht weiß, kann sie es uns nicht sagen. Wüsste sie es, würde sie es uns nicht verraten. Sie redet nicht gern mit uns über ihr Privatleben (nur über dessen Finanzierung). Macht nichts. Wir sind selbst dahinter gekommen: Die Jugend leidet unter der Erdanziehungskraft.

Im Winter war das noch schwer zu erkennen. Da pubertierten die Kids in ihren Zimmern oder in XXX-largen Kapuzen-Gruft-Mänteln. Jetzt aber verlassen sie ihre Gehäuse. Und da sehen wir das volle Ausmaß der Katastrophe.

Die Hosen befinden sich im freien Fall. Der so genannte Schritt droht unter die Kniehöhe zu rutschen. T-Shirts und Pullis passen sich dem Abwärtstrend an. Die Ärmel baumeln von eingefallenen Schultern. Die Köpfe halten sich mühsam auf den Hälsen. Die Gravitation zerrt an den Mundwinkeln. (Und wir dachten, die Kids seien zu cool, um zu lachen.) Die schweren Augenlider senken sich über die Pupillen. (Und wir dachten, sie seien unausgeschlafen.)

Fazit nach Newton: Die Erde tut den Kindern nicht gut, sie zieht sie herab. Sorgenvollen Eltern, die den Anblick nicht mehr ertragen, empfehlen wir: Schickt sie auf den Mond. – Zur gegenseitigen Entspannung.

Beim Kollegen

Mit dem Sommer kommen jetzt die Tage, wo man am Abend gern im Freien sitzt und einen G'spritzten trinkt, um ein gutes Beispiel zu nennen. Oder einen zweiten G'spritzten. Oder schon am Nachmittag. Oder drei. Und eventuell einen vierten gegen den Durst.

Ein Problem besteht darin, dass der jeweilige G'spritzte, um beim Beispiel zu bleiben, nie gleich dasteht, wenn man spürt, dass man ihn will. Er muss erst serviert, schlimmer noch: bestellt werden.

Nun gilt Schanigartenbetrieb in Österreich als gastronomische Extremsituation. Wir sind eben meteorologisch noch nicht so weit, es über längere Zeiträume im Freien auszuhalten. Und nur für die Illusion eines konstanten Schönwetters stellen uns die Wirte leider keine eigenen Kellner ab.

Sporadisch auftauchendes Personal ist so mit an Sicherheit grenzender Wahrscheinlichkeit für alles eher zuständig als für uns. Diesem Umstand verdanken wir den obersten, ersten, stärksten gastronomischen Austriazismus, der uns in vier Höflichkeitsformen überliefert wird:

1. »Ich schick den Kollegen.«
2. »Ich sag's dem Kollegen.«
3. »Der Kollege kommt gleich.«

Oder 4. (Sucht ihn euch selber): »Beim Kollegen!«

Gott schütze Gelsennetze

Unter den Opfern dieser missratenen Jahreszeit befindet sich auch eine Gelse. Sie verbrachte die 18. Julinacht im Freien unter einer Freudenauer Föhre – und erfror.
Der Rest der Großfamilie ist wohlauf und gut genährt. Die Moskitos waren nämlich klug genug, uns beim Übersiedeln in (geheizte) Schlafräume zu begleiten. Sie sahen keine Veranlassung, sich vor unseren Übergriffen zu schützen. Denn erschlagen zu werden ist ihr Schicksal. Wir aber geben die Hoffnung nie auf, dem Stechzwang zu entgehen. Dabei sind unsere Mittel ach so beschränkt:
Gelsenspray. Enthält Diethyltoluamid. (Riecht wie Pitralon nach der Gärung.) Die Wirkung endet nach einigen Stunden, intimes Beisammensein nach wenigen Sekunden.
Gelsenstift. Das Gleiche in klebrig. Wichtig: Alle Hautstellen müssen eingerieben sein. An die vergessenen erinnert alsbald ein Jahrhundertjuckreiz.
Gelsenstecker. Betäubt den Menschen, damit die Tiere ungestört arbeiten können.
Gelsennetz. Wird wie ein Zelt über das Bett gespannt und sorgt für inneren Frieden. Leider Tierquälerei: Tausende Insekten verdursten vor vollen Blutgefäßen. Die wenigen Überlebenden teilen sich den Menschen in der Früh auf.

Das erste Mal

Unlängst hat Frau N. die erste feste Freundin ihres 21-jährigen Sohnes Dominik kennen gelernt. – Heute ist sie seine Ex-Freundin. Mama mochte sie nicht.

Mädels, unterschätzt die Mütter der Jungs nicht! Sie kennen alle Tricks, wie sie aus ihren Söhnen wieder Singles machen, wenn ihr ihnen nicht gefällt. Ob ihr entsprecht, wissen Mütter schon nach ein paar Sätzen. Deshalb wählt als Einstieg:

- »Schön, Sie kennen zu lernen, Ihr Sohn hat schon so viel von Ihnen erzählt.« (Sicherheitshalber »so viel Gutes« beifügen.)
- »Darf ich Ihnen Kaffee nachschenken?« (Sofern sie nicht Tee trinkt.)
- »Haben Sie diesen köstlichen Kuchen selbst gemacht?«
- »Sie sehen viel jünger aus.«
- »Darf ich Ihnen in der Küche ein bisschen zur Hand gehen?« (Falls ihr ihren Buben noch heuer heiraten wollt.)

Wollt ihr euren Freund loswerden, so fragt seine Mutter beim ersten Treffen:

- »Gibt's da keinen Aschenbecher?«
- »Und Sie sind nur Hausfrau?«
- »Schneiden Sie sich die Haare selbst?«
- Oder: »Wir brauchen dringend Geld!«

Warten ist sinnvoll

Schweizer haben es abgestoppt: Der Mensch steckt drei Jahre seines Lebens im Stau. Nicht ein bestimmter. Nicht ununterbrochen (außer er versucht, es hinter sich zu bringen). Nicht alle. Aber durchschnittlich jeder. Und das gibt uns doch ein wenig zu denken. So viele Autos? So wenig Straßen? So schmale Spuren?
Ob im Auto oder außerhalb: Warten genießt einen schlechten Ruf. Die Leute lehnen es ab. Es ist ihnen schade um die Zeit. Wir sehen das anders und behaupten:

- Die Menschen warten lieber, als sie denken. Denn denken ist anstrengend. Warten – entspannend. Man braucht keine Ausbildung und keinen Kopf dafür. Nur Geduld. Nein, nicht einmal die. Ist man auch ungeduldig, die Wartezeit bleibt gleich.
- Warten schweißt zusammen. Denken Sie nur an die intime Atmosphäre in Vorzimmern von Zahnärzten. Wildfremde Menschen – ein Blick, eine Backe, ein Schrei. Und das baldige Wiedersehen ist unumgänglich. (Herausnahme der Gifteinlage).
- Warten ist oft sinnvoller als das Worauf. Zum Beispiel auf bessere Zeiten. Oder auf ein Wunder. Oder auf einen Sommer. Oder gar auf eine Pointe. Haben Sie darauf gewartet? Ehrlich? Gratulation! Das ist Lebensqualität.

Sommergespräche

Einer der Nachteile, im Juli und August daheim zu sein, besteht darin, dass man zwei Monate lang ununterbrochen gefragt wird, ob man schon im Urlaub war.
Diese Frage lässt sich zwar mit einem klaren »Nein«, allenfalls mit einem erweiterten »Nein, noch nicht!« (gegebenenfalls mit einem erschöpfenden »Nein, noch nicht, aber bald«) niederschmettern. Allerdings zwingen einen die abwartenden Mienen der Fragenden zur Floskel der Höflichkeit: »Und Sie?« – Hoffen Sie nicht auf ein: »Auch noch nicht!« Solche Menschen hätten nicht gefragt.
Vielmehr erfahren Sie jetzt Genaueres über Ort und Zeit eines Ferienaufenthaltes. Danach ist mit einer dramaturgischen Pause zu rechnen, die Sie nötigt, die Schlüsselfrage zu stellen: »Und hatten Sie schönes Wetter?« – Nie erfahren Sie »Ja« oder »Nein«. Immer folgt Analytisches, oft nach Urlaubswochen gegliedert. (Etwa: »In der ersten Woche hatten wir drei Regentage, eigentlich zweieinhalb, denn der Mittwoch war in der Früh noch ...«)
Eine derart in Schwung gekommene Konversation kann praktisch nicht mehr gestoppt werden. Es folgt der Urlaub aus der Sicht der Kinder und Großeltern. Dann der Höhepunkt: »Und wo geht's bei Ihnen hin?« – Antworten Sie nicht, laufen Sie davon!

Die letzten Stollen

Sehen Sie, so schlimm war es gar nicht. Karpfen am Donnerstag. Gans am Freitag. Ente am Samstag. Karpfen, Gans und Ente am Sonntag. Und statt der Verdauung: Kekse.

Zu kurz gekommen ist auch heuer wieder – der Christstollen. Im Advent langten diese Geräte, zentnerschwere Zementprügel der Unbestechlichkeit, als kleines »Wirwürden-gern« von Firmen für Firmen in den Firmen ein. Über die Feiertage ruhte der (jeweilige) Stollen im Büroraum. Wenn Sie heute Ihr Zimmer betreten, wartet er schon auf Sie. Wenn Sie erst nach den Heiligen Drei Königen wieder zu arbeiten gedenken, liegt er noch immer dort. Er hat alle Zeit der Welt. Er ist unverwüstlich. Er lässt sich weder biegen noch brechen.

Die feuchte Frühlingsluft bekommt ihm gut. Die heißen Sommertage steckt er knochentrocken weg. Der Nebel im Herbst kann ihm nichts anhaben. Anfang Dezember sollte man ihn langsam wegräumen. Dann kommt bereits der frische, Verzeihung: der neue.

Nun, Buzzo, Herzeigespaniel der Redaktion, wagte es, vor dem Fest an einem irrtümlich ausgepackten Stollen zu schnuppern. Unbestätigten Meldungen zufolge befindet sie sich mit einer Staublunge unter tierärztlicher Beobachtung.

Sommer-Jetlag (I)

Seit Samstag zwei Uhr normaler, respektive drei Uhr perverser europäischer, haben wir ebendiese Zeit – die Sommerzeit. Das bedeutet: Wenn Sie sich heute um acht Uhr früh die Zähne geputzt haben, dann hätten Sie sich eigentlich erst eine Stunde später die Zähne geputzt gehabt und dennoch wäre es acht Uhr gewesen. Und wenn Sie normalerweise sagen: »Um neun brauche ich meinen ersten Kaffee«, so beschummeln Sie sich von nun an täglich um je eine Stunde und werden dadurch insgesamt unglaubwürdig.

Doch das sehen nicht alle so. Es gibt genügend Opportunisten, für die sich mit jeder Umstellung rein gar nichts ändert: Sie schauen, was auf der Uhr steht. Zeigt diese Zwölf, so heißt es: Mittagessen. Zeigt diese Elf, so heißt es: noch eine Stunde bis zum Mittagessen. Und so weiter.

Kritische Geister und sensible Gemüter, die sich von der Uhr nicht täuschen lassen, fangen sich bei jeder Umstellung einen je einstündigen großhirnformatigen Jetlag ein, der eigentlich stationär behandelt werden müsste. Allerdings fehlen die Betten. Also schleichen diese Leute von nun an ein halbes Jahr zeitlich verschoben durch die Gegend und warten auf das böse Erwachen im nächsten Winter.

Sommer-Jetlag (II)

Nach fünf Tagen Sommerzeit brechen wir das Schweigen: Wir sind müde. Wir sind kraftlos. Wir können so nicht weiterleben. Wir wollen die Uhren wieder richtig stellen!

In aller Offenheit: Die von Menschenhand getätigte Zeitverschiebung ist unmoralisch. – Betrug an der Sonne. Selbsttäuschung. Unerlaubter Eingriff in die Natur. Schlafesraub. Gähn-Manipulation.

Der Wecker weckt uns um sieben. Aber wir sind ja nicht deppert: Es ist sechs. Wir frühstücken um acht – es ist sieben. (Mittagessen und Jause dürfen Sie sich selbst ausrechnen, uns fehlt die Energie.)

Normalerweise endet die Arbeit um fünf. In Wirklichkeit ist es erst vier, also bleiben wir länger – und schreiben je eine Überstunde. (Bald wird die Wirtschaft zusammenbrechen.)

An Werktagen pflegen wir zwischen elf und zwölf schlafen zu gehen. (Damit wir unseren aufbruchbereiten Kindern noch einen schönen Abend wünschen können.) Ist es halb zwölf, so ist es aber erst halb elf. Um halb elf sind wir unmöglich schon müde. Also bleiben wir eine Stunde länger wach. Das versuchen wir am Morgen wieder gutzumachen. Also stehen wir eine Stunde früher auf: um sechs. Aber um sechs ist es eigentlich erst fünf ... Verstehen Sie? Wir wollen nicht mehr. Stoppt die Sommerzeit!

Toast Hawaii

Kürzlich ist hier das Stichwort *Hawaii-Toast* gefallen. Dabei handelt es sich um ein renommiertes austroexotisches Kulinarium, um einen dieser Leckerbissen, derentwegen Tausende Nordeuropäer weder Inntal noch Autobahn noch (andere) Sanktionen scheuen, um bei uns zu sein, egal ob winterfest oder sommerfrisch.
Der original alpenvorländische Hawaii-Toast, in dessen Form die Südsee an den entlegensten Frachtenbahnhofskantinen anklopft, beinhaltet ein mit Schmelzkäse überzogenes, von einem zartrosa schwitzenden Saunaschinkenblättchen umsäumtes, mit rindsleberrotbraunem Ketchup beträufeltes Ananas-Ringsegment. Eines, wie sie zu Dutzenden in Konservendosen gehalten werden, um den Klimaschock zu überstehen.
In besseren Lokalen wird der Hawaii-Toast diagonal zweigeteilt. Aus den beiden gleichschenkeligen Toastdreiecken ragt dann je ein schmales, oftmals eine kastanienbraune Partykirsche aufspießendes Plastikgestänge, an dessen Spitze das Fähnchen rot-weiß-rot weht. Solange es nicht auf Halbmast gesetzt ist, muss man sich um die heimische Gastronomie trotz der neuen Steuern keine Sorgen machen.

Gesang mit Zunge

Wer MTV kennt, weiß, wie schön Menschen sein können, wenn sie sollen. Wer sich nach einstündigem Konsum von Videoclips noch in den Spiegel schauen kann, schreckt offenbar vor nichts zurück. Natürlich, die im Fernsehen sind geschmückt wie Würzburger Weihnachtsbäume. Privat und unausgeschlafen wären sie sicher nur noch doppelt so schön wie man selbst.

Es ist ja so, dass die Akustik bei den Hits der Charts der Stunde kaum noch eine Rolle spielt. Wem die Musik nicht gefällt, der kann den Ton ruhig abdrehen und kommt trotzdem voll auf seine Rechnung. (Wer Pech hat, erwischt Elton John.)

Es ist ferner so, dass man den Danceflooristen ungeniert dabei zusehen kann, wie sie alles dafür geben, einen Hit zu landen. Neunzig Prozent davon sind Mädels. Alle schauen gleich aus. (Vermutlich alles Töchter von Whitney Houston.) Alle wirken sexuell schrecklich ausgehungert. Alle schnappen unentwegt nach der Kamera, als wäre sie, äh, sagen wir Schokoeis.

Es ist darüber hinaus so, dass diese jungen Gesangskünstlerinnen heute quasi nur noch mit einer den Zähnen breitflächig vorgelagerten, also ständig sichtbaren Zunge operieren. Ohne Ton klingt dies zwar nach »Bäh« und »Ätsch«. Aber es muss sich sensationell gut verkaufen.

Gescheiert

Einige Leser haben sich über eine unserer Titelzeilen gewundert. Dort hieß es: »EU-Kommission gescheiert.« Manche glaubten, es sei uns schlicht ein orthographischer Fehler passiert. Sie meinen, das Wort hätte »gescheitert« heißen sollen und derjenige, der es eingetippt hat, habe zu zart auf die T-Taste gedrückt (oder sei mit schwitzender Fingerkuppe darüber gerutscht). Und diejenigen, die ihren prüfenden Blick über den Titel geworfen haben, seien wohl zu sehr im Banne der EU-Botschaft gestanden, sodass ihnen das T gar nicht abgegangen sei.
Aber glauben Sie im Ernst, wir segnen die schwierige »Kommission« völlig korrekt mit zwei m und zwei s ab, um an einer gemähten Wiese wie »gescheitert« zu scheitern?
Nein, nein: »gescheiert« war reine Absicht! Uns fiel für die bittere Kunde kein kraftvollerer Ausdruck ein. Da steckt »schei« drin, dieser vornehm zurückhaltende Aufschrei der Erbärmlichkeit. Da lehnt sich der Germanismus »bescheuert« hinein, dieses untrügliche Zeichen, dass Deutschland eine Rolle spielt. Und wenn sich die komplette Führung verabschiedet, was, wenn nicht »gescheiert«, zeigt auf, wie sehr die europäische Gescheitheit eiert?

Schatten voraus

Können Ihnen Sätze beim Lesen wehtun? Und was schmerzt Sie am meisten? Sachliche Unwahrheit? Formale Ungereimtheit? Stilistische Unreinheit?
Nun, alles schlimm genug. Aber was halten Sie etwa von folgendem Satz: »Die Sonnenfinsternis wirft ihren Schatten voraus.« Klingt eher harmlos, nicht wahr? Wollen Sie unsere Meinung hören? – Fürchterlich! Schlimmer geht's nicht mehr.
Schon das Wort »Sonnenfinsternis« nähert sich durch multimedial organisierte Ausreizung dem Rande der Unerträglichkeit. Nun ist einmal vor vielen, vielen Wochen, als der Countdown begann, ein durchschnittlich intelligentes Sprachhirn über den Kontrast Sonne/Schatten gestolpert – und hat sich entsonnen, dass das Zweite dank einer hässlichen Floskel vorausgeworfen werden kann. Völlig egal war diesem Hirn der Umstand, dass eine Finsternis nie und nimmer Schatten zusammenbringen würde, schon gar nicht einen, der sich im Voraus werfen ließe.
Egal: Der Satz ist erschienen. Nicht mehr egal: Alle verwenden ihn. Täglich liest man ihn. Es gibt kein Entkommen mehr. Die Sonnenfinsternis wirft unbarmherzig ihren Schatten voraus. Und die Brille, die dagegen schützt, ist noch nicht erfunden.

Pensionsschock

Das Gute an der Halbpension ist jene Hälfte, die man sich spart (Mittagessen.) Bleibt immer noch die andere Hälfte. Haben Sie als freier Abendgast in einer Wirtsstube schon einmal diese bemitleidenswerten touristischen Geschöpfe namens »Pensionsgäste« beobachtet? Wie sie sich auf leisen Sohlen ihrer Heimschuhe von den Zimmern herunterlassen. Wie schon ihre Kleidung verrät, dass sie heute keinen Ausgang mehr haben werden. Wie sie verloren im großen Gastraum herumstehen und ihre Zimmerschlüssel schwenken, bis sie erkannt und in den kleinen Speisesaal abgeführt werden. Dort sitzen (noch immer?) die Nachbarn vom Frühstücksbuffet und ziehen, solidarisch im Pech vereint, ihre Mundwinkel hoch.

Speisekarte? – Brauchen sie nicht. Pensionsgäste sind vom Studieren befreit. Für sie gibt es Menü eins oder zwei. Wehmutig schielen sie zum Restaurant hinüber, wo die Herrschaften à la carte verwöhnt werden. Sie selbst werden flächendeckend mit Suppe erstversorgt. Danach kommt Fleisch mit Beilage oder (für Vegetarier) Beilage. Die Portionen sind vernünftig klein, sodass auch der Vanilleeiswürfel noch Platz hat. Das Erfreuliche: Getränke sind extra. Oft geht sich sogar noch ein Fluchtachterl aus. Aber dann marsch, marsch aufs Zimmer! Es muss fürs Frühstück aufgedeckt werden.

Männerarbeit (I)

Brigitte und *Freundin* irren nicht. Männer sind zerbrechlicher geworden. Wo es die intakte heterosexuelle Beziehung mit gut funktionierendem gemeinsamem Haushalt gibt (das waren jetzt fünf schwere Liebestöter in einem Halbsatz), dort leitet und lenkt die Frau. Früher hat er mit der linken Hand Mauerwerk gestemmt und mit der rechten den Durchlauferhitzer ausgewechselt. Schwerarbeit für sie bestand einzig und allein darin, ihn danach unter die Dusche zu kriegen.

Heute kann er, sofern er daheim nicht vollständig vom Turnen befreit ist, nur noch für leichte Tätigkeiten im Küchen-, Sanitär- und Gartenbereich herangezogen werden. Trennkost, Ozon, Rapid, Dow Jones und Penisängste (Ängste, diesen unter dem Kugelbauch nicht mehr zu entdecken) haben aus ihm ein Weichei gemacht, das viel Zeit braucht, in sich selbst hineinzuhorchen, ohne einer körperlichen Belastung ausgesetzt zu sein.

Während er also horcht, schupft sie den Haushalt, schleppt Mineralwasserkisten, repariert den Staubsauger, kocht Degustationsmenüs und führt beim Rasenmäher den Ölwechsel durch. *Welche Handgriffe für ihn übrig bleiben:* demnächst hier.

Männerarbeit (II)

Männer sind zerbrechlich geworden. Das haben wir hier behauptet. In der Zwischenzeit scheint keine Verbesserung eingetreten zu sein.
Die Frau bestimmt, organisiert und bestreitet den gemeinsamen Haushalt. Der Mann horcht inzwischen in sich hinein. Führt dies zum Single-Dasein (zurück), bügelt wieder die Mama. Hält die Lebensgefährtin an ihm fest, fallen doch einige klassische Männerarbeiten an:
Küche: Fruchtjoghurtbecher in den Kühlschrank schlichten; Einkaufssäcke zusammenfalten und in den Kasten legen; Vogerlsalat putzen. (Einer der härtesten Männerjobs, dabei darf er keine Krise haben.)
Bad und WC: Seifenschüssel auswaschen; verstreute Wattestäbchen in die Schachtel räumen; WC-Duft-Ente in der Klomuschel ausführen.
Schlafzimmer: Leintuchfalten glätten. Fernbedienung suchen. Socken unter dem Bett hervorholen und zur Schmutzwäsche tragen.
Garten: Grill aufstellen; Grillkohle aufschütten und anzünden; Grillglut erzeugen; Grillwürste auflegen und wenden. Grillschweiß von der Stirn wischen.
Will sie den gemeinsamen Haushalt auflösen, dann lässt sie ihn nachher den Grillrost putzen.

Männerarbeit (III)

Der Mann ist für Hausarbeit nicht geeignet. Sie macht ihm einfach keinen Spaß. Okay, der Frau macht Hausarbeit angeblich ebenfalls keinen Spaß. Aber der Mann war der Erste.

Nun passiert es mitunter, dass ihm die Ideen ausgehen, »leider etwas anderes zu tun« zu haben (als zuzusehen, wie ihr die Hausarbeit gerade wieder keinen Spaß macht). Er sollte also – sprechen wir's brutal aus – nicht blöd herumstehen, sondern anpacken. »Du siehst doch, dass die Wäsche aufgehängt gehört.« – Um ein Beispiel zu nennen. »Wie soll ich das sehen?« – Um das Beispiel zu beantworten. (Er sieht höchstens, wie es ihr gerade keinen Spaß macht, die Wäsche selbst aufzuhängen. Und dieser Anblick ist auch nicht gerade angenehm.)

Die Herausforderung für ihn besteht darin, eine Situation herbeizuführen, in der es ihr keinen Spaß mehr macht, ihn zu animieren, etwas zu sehen, was er nicht sehen kann. Er erreicht sein Ziel mit verharrender Tätigkeit im Vorfeld der Hausarbeit. Zum Beispiel: Sicherungskasten ausleuchten, während sie die Lampe montiert. Oder: Gebrauchshinweis für Bodenreinigungsmittel studieren, während sie den Boden reinigt.

Männerarbeit (IV)

Er ist für Hausarbeit nicht geeignet. Er tritt durch passiven Widerstand auch täglich den Beweis an. Dabei *will* er ja, glaubt Leserin Ursula. Ihr Freund bietet sich sogar von selbst an. Zum Beispiel fragt er: »Soll ich dich beim Staubsaugen ablösen?« Sie antwortet: »Danke, ich bin schon fertig.« Er: »Dann das nächste Mal.«

Er würde an sich auch den Geschirrspüler ein-, äh, ausräumen. Er ergreift bereits den ersten Teller und fragt: »Wo gehört das hin?« Sie: »Oben links, zu den anderen Tellern.« Er: »Wo?« Sie: »Ins Fach.« Er: »Da sind viele Fächer.« Sie: »Dort wo die Teller sind.« Er: »Da sind nirgendwo Teller.« Sie: »Wahrscheinlich sind alle im Geschirrspüler.« Er: »Was soll ich jetzt mit dem Teller tun?« Sie: »Gib her, ich mach's schon.«

Weitere Hintergrundfragen, mit denen er sich gern aus dem Hausarbeitsprozess ausgliedert: Wie viel ist ein Messbecher? Wieso ist das Bügeleisen kalt? (Nachfrage: Wieso zischt es jetzt?) Hast du die Schuhpasta gesehen? (Hast du keine gekauft?) Gehören die Zahnbürsten nicht einmal ausgewechselt? Wie legt man das zusammen? Glaubst du, sind die Kartoffeln schon?

Männerarbeit (Fazit)

1. Immer mehr Frauen drängen in Spitzenpositionen. Immer mehr Männer drängen sie zurück. Das erfordert Kraft. Kraft, liebe Frauen, die den Männern daheim, bei der so genannten Hausarbeit, fehlt.
2. Was können bitte schön die Männer dafür, dass das gemeinsame Hausarbeitsprojekt »Räum wenigstens deine Sachen weg, damit ich putzen kann« mit fast schon gespenstischer Sicherheit mit dem Abschlusstraining für den Großen Preis von Imola, wenn nicht sogar Monaco zusammenfällt?
3. Leserin S. kriegt ohnehin, was sie will. Sie wollte einen sanften, gefühlvollen Mann. Sie hat ihn. Sie wollte einen neuen Kleiderschrank. Sie hat ihn. Sie wollte, dass der sanfte, gefühlvolle Mann hilft, den Kleiderschrank zusammenzubauen. Sie hat ihn (so weit gebracht). Er soll die Schrauben reichen (es sind leichte Schrauben, er würde sich keinen Bruch heben), sie schraubt sie hinein. Er: »Das sind gar keine Schrauben. Die haben keinen Schlitz. Die kann man gar nicht hineinschrauben. Die von Ikea sind a bisserl deppert.« Sie: »Das sind Plastikdübel, du Dillo. Gib her!« – Er darf zu seinem Computer gehen und Karriere machen.

Winterzeitkatalog

Am Sonntag endet die Sommerzeit. Jährlich erklären wir zweimal, was das bedeutet. Vergeblich. Deshalb heute Service pur: »Die Winterzeit: Was wirklich geschieht.« Ein praktischer Frage-Antwort-Katalog zum Aufheben, Ausschneiden und Aufkleben. (*News* wird uns darum beneiden!)

Ich stelle die Uhr um eine Stunde vor. – FALSCH.

Ich kann in der Früh eine Stunde länger schlafen. – RICHTIG.

Um in der Früh eine Stunde später aufzuwachen, hätte ich auch meinen Radiowecker neu einstellen müssen. – RICHTIG.

Ich bin am Abend eine Stunde früher müde. – WAHRSCHEINLICH.

Ich bin in der Früh eine Stunde früher munter. – UNWAHRSCHEINLICH.

Am Abend bleibt es eine Stunde weniger lang hell. – RICHTIG.

In der Früh wird es eine Stunde später finster. – FALSCH.

Mitternacht ist in Wirklichkeit bereits ein Uhr des nächsten Tages. – ANSICHTSSACHE.

Der Herbst wird durch die Umstellung um eine Stunde länger. – RICHTIG.

Ich sitze von nun an eine Stunde länger im Büro. – SELBER SCHULD.

Jänner in Wien

Jetzt beginnt das neue Jahr. Jetzt erst recht. Die letzten der fetten Tage, die der TV-Vierteiler und der Heiligen-Drei-Schanzen-Tourneen, sind vorbei. Wir halten beim ersten Montag ohne tröstlichen Zusatz: »Die paar Tage noch«, ohne Aussicht auf ein hereinbrechendes Fest. Das nächste Wort der Genusssucht heißt »Fasching«. Wir werden noch darüber lachen können, so dreckig wird es uns gehen.

Auf dem Land ignoriert man den Jänner. Man wartet, bis er sich ausschneit. Die Menschen sind im Zuprosten erstarrt und tauen erst zu Ostern wieder auf.

In Wien glaubt man plötzlich, vom so genannten »Ernst des Lebens« heimgesucht worden zu sein. Die Stadt hat den Charme einer geöffneten Kühltruhe (mit abgelaufenen 99er-Produkten) und riecht nach aufgehobenem Salzstreuverbot. Von den Dächern fallen Pfützen, am Boden liegt Matsch. In der Früh kratzen die Menschen Eis von den Scheiben. Am Abend kitzeln sie Splitt aus den Schuhprofilen.

Die Herrschaften von »William Mercer-Consulting« haben Wien (hinter Bern) jüngst zur Hauptstadt mit der zweithöchsten Lebensqualität der Welt gekürt. Strafweise sollte man sie hier die nächsten drei Wochen arbeiten lassen.

Blinzelkunde

Das Auge sollte sich alle ein bis zwei Stunden eine längere Pause vom Computer gönnen, raten Kölner Ärzte. Studien hätten nämlich gezeigt, dass Menschen, die konzentriert auf den Bildschirm starren, zu blinzeln vergessen und so ihre Augen zu wenig befeuchten. Interessant. Wussten Sie, dass Sie in der Lage sind, aufs Blinzeln zu vergessen? Wir nicht. Wir konnten uns bis vor kurzem nicht einmal vorstellen, dass wir 20- bis 30-mal in der Minute automatisch blinzeln (sollten wir nicht gerade, auf den Bildschirm starrend, darauf vergessen).
Blinzeln war uns bisher in vier Ausführungen geläufig. Da gab es erstens das unangenehme Reizblinzeln, wenn uns eine morsche Wimper ins Auge gekippt war. Zweitens das kumpelhafte Zublinzeln à la: »Wir zwei stecken unter einer Decke.« Drittens das animatorische Anblinzeln: »Wollen wir zwei nicht unter einer Decke stecken?« Und viertens das egomanische Auf- und Abblinzeln: »Gott, bin ich schön, hoffentlich bemerken es alle.«
Mit der Vorherrschaft eines chronisch selbsttherapeutischen Feuchtblinzelns im Zweieinhalb-Sekunden-Rhythmus hätten wir nicht gerechnet. So. Schluss jetzt. Computerpause. Sonst trocknen die Augen aus.

Wettertragödie

Draußen ist es nicht mehr hell. Die Schwalben fliegen tief. Der Bauer blickt trübsinnig auf sein Feld. Die Bäuerin blickt wehmütig auf den Bauern. Da kommt *er* dahergekrochen, pfeift bereits aus seinen letzten Löchern, kratzt den Bergrücken, radiert den Zinken, überschlägt sich in der Geröllhalde. Und geht erstmals in die Knie, die ihm weich wie Watte geworden sind.
Draußen ist es ziemlich dunkel. Der Bauer blickt trübsinnig auf sein Feld. Die Bäuerin schließt die ersten Fensterläden. Da richtet er sich noch einmal auf, hustet im Weizen, keucht im Mais, röhrt in der Zuckerrübe, röchelt im Gemüsebeet. Einfältige Schwalben touchieren den Boden und bleiben benommen liegen.
Draußen ist es finster. Der Bauer blickt trübsinnig auf sein Feld. Die Bäuerin schließt die zweiten Fensterläden. Da bäumt er sich ein letztes Mal auf, bleibt in der eigenen Luft stehen, verhängt sich, verfängt sich, hyperventiliert, strauchelt, fällt rücklings, kippt nach vorne, verliert an Höhe, sackt in sich zusammen, seufzt, stöhnt ...
Und nun vollzieht sich jener Akt, mit dem uns der Hörfunk seit Jahr und Tag in den Ohren liegt: DER FÖHN BRICHT ZUSAMMEN. Gibt es Dramatischeres als Meteorologie?

Wespe im Wandel

Dass das Leben in freier Wildbahn härter geworden ist, weil es keine Geschenke mehr gibt, beweisen derzeit je fünfzehn Stück Wespen pro Almdudlerflaschenhals.
Der Almdudler ist sich über die Jahrzehnte treu geblieben. Die Wespe nicht. Ihre Persönlichkeit hat sich gewandelt, ihr Charakter verschlechtert.
Die Wespe 1970 war ein majestätisches, Respekt einflößendes, tief brummendes, in Zeitlupe fliegendes Tier. Ihr Stich war zwar vermutlich tödlich, so genau wusste man das als Kind nicht (gestochen hat immer nur die Biene; die Hornisse war noch nicht erfunden). Aber ihr Auftreten war würdevoll. Sie zog elegante Kreise über den Zwetschkenröstern, umgarnte grazil die Schartner Bombe und grüßte höflich aus manch Pfirsichkern. Hysterie vertrug sie nicht. Wenn die Kinder schrien, flog sie davon. Die Wespe 2000 ist hektisch, jähzornig, hinterfotzig, gierig, sekkant und unerbittlich. Sie fliegt eckig und landet oft. Sie begrapscht unsere Schenkel, massiert unsere Nasenflügel, sie kriecht unter unsere T-Shirts. (Inzwischen fallen ihre Kollegen über die Speisen her.) Und: Ihr Stachel sitzt locker wie die Waffe eines Gendarmen. Eine falsche Bewegung und sie drückt durch.

Sommergrippe

Das Schlimmste am Sommer ist die gleichnamige Grippe. (Schlimmer als bei der Blockabfertigung auf dem Brenner von einer *Tiroler Nussöl* des Vorgängers transpirierenden Gelse ausgesaugt zu werden.)
Das Elend beginnt in der Früh beim Hinunterschlucken des betrüblichen Umstandes, dass man aufgewacht ist. Da kratzt etwas hinter dem Gaumen. Es folgt eine von verzweifelter Vorahnung geprägte Phase des In-sich-Hineinschluckens. Bald weiß man: Der Hals tut weh und er kann mehr davon. In voller Entfaltung ist dies der größte Schmerz der Menschheit. Für Frauen ärger als Weisheitszahnziehen. Für Männer schlimmer als jede Geburt.
Als Antidepressivum lutscht man »Halswehtabletten«. Sie schmecken nach Herannahen einer schweren Krankheit. Wenn sie auf der Zunge zergangen sind, tut der Hals mehr weh denn je. Darin besteht ihr kommerzieller Erfolg. Denn man lutscht jetzt eine nach der anderen.
Um den Schmerz zu stabilisieren, gurgelt man eine (Not-)Lösung. Danach hat man das Gefühl, man hätte am Kehlkopf Wunderkerzen abbrennen lassen. Anschließend trinkt man für diese Jahreszeit zu heißen Tee und wartet, bis sich das Virus einen Stock höher meldet.

Sex

Heute testen wir Ihr Leseverhalten. Fühlen Sie sich durch den Titel angesprochen? Sind Sie neugierig? Lesen Sie weiter?

Schon in der für ihre Seriosität gefürchteten Zeitung *Die Presse* hieß es im Jahre 1986 redaktionsintern: »Wir sind zu trocken, wir brauchen mehr Sex.« Denn, so argumentierte man: »Auch A-Schicht-Leser lesen gern über Sex.« – (Dafür bürgten die Herren, die so argumentierten.)

Nun sind dreizehn Jahre vergangen. Und egal ob A-, B-, C- oder Sonder-Schicht: Die Leser kriegen nicht genug. Medienprofis behaupten: »Sex« im Titel – und die Geschichte wird dreißigmal eher gelesen, als stünde dort »Karenzjahr« oder »Familienlastenausgleich« (obwohl diese Begriffe eindeutig auf Sex aufbauen).

Schlimm ist die Lage im Sommer. Da sind die Magazine geschlossen außer sich vor Sex. Im Juni erzählt man uns die jährliche Hormonausschüttungsgeschichte. Im Juli serviert man uns das auf den letzten Stand gebrachte Lexikon der Lust. Im August erfahren wir serienmäßig, wie *sie* schneller kommt, bevor *er* besser geht und umgekehrt.

Und im September rätseln Sexualforscher, warum Frauen nicht mehr wollen und Männer nicht mehr können. Warum wohl? – Eindeutig zu viel darüber gelesen.

Hawaiihemd in Mode

Lieber Horstl, wir kennen uns von der Donauinsel: *Sun-See-Bar*. Du hast die Kellnerin auf einen Tequila Sunrise eingeladen. Sie hat abgelehnt. Du bist dann später von Freunden nach Hause getragen worden. War nicht dein Tag.

Horstl, es geht um dein Hemd. Tropische Blumen in Violett, Gelb und Rot. Stoff, aus dem die Karibik ihre Träume bezieht und ans Entlastungsgerinne schwemmt. Wann hast du es gekauft? 1983 für den Ibiza-Urlaub? (22 Uhr: ein Knopf offen. 24 Uhr: zwei Knöpfe. 2 Uhr: drei Knöpfe ... Hat zum Glück nur fünf Knöpfe, das Ding. Und dann ein Frühstücksbier an der Poolbar.)

Lieber Horstl, es *herbstelt*. Du packst gerade deine Sommersachen ein. Du hast das Schicksal des Hemds in der Hand. Wirf es nicht weg! Du hast heuer einfach Pech gehabt. Gib ihm noch eine Chance. Du wirst sehen, nächstes Jahr passiert etwas Erstaunliches.

Wir wissen, du hast es nie darauf angelegt, aber du wirst Trendsetter sein. *Du* gibst die Mode vor. Die Designer von Dolce & Gabbana, Versace und Cavalli planen die Wiedergeburt des Hawaiihemdes. Sie müssen dich erst überrunden. Du wirst für ein paar Wochen der Erste sein. Keine Kellnerin wird es wagen, einen Drink von dir abzulehnen.

Es wird finster

Die Sonne am Wochenende kommt zu spät. Wir stecken Rollkragen über Hals über Kopf im österreichischen Herbst, welcher immer bereits mit einem Fuß im Schneematsch watet. Es war eine ernste, kalte Woche, eine echte erste Schulwoche, wie sie uns seit der Kindheit im Blut liegt. Draußen roch es nach Allerseelen, drinnen nach abgestandenem August. Keiner von uns lachte länger als notwendig. Jeder war plötzlich dreimal dienstlicher als sonst. (Zum Glück fand eine Kollegin eine Maus in der Schreibtischlade. Die Frage, wer zuerst schrie, lenkte uns ein bisschen ab.)

Im September versagt die Pharmaindustrie mit ihren Glückshormonpräparaten. Wo bitte ist die Pille gegen:

... um sieben Uhr bei künstlichem Licht vor dem Kleiderkasten stehen und zwischen T-Shirt und Winterpullover den Sinn des Lebens suchen,

... um acht Uhr früh im Tross der Exurlauber mit der letzten U-Bahn Richtung Arbeit fahren (Restplätze gibt es zwischen den Haltegriffen),

... dieser krankhaft kurz geratene Tag soll der absolut längste der folgenden hundert sein?

Und wo ist die Pille für: Daunendecke über den Kopf und warten, bis die Marillen blühen? Wo?

Misosuppe

Diese Jugend wird es einmal schwer haben. Wie berichtet, greifen bereits Vorschulkinder freiwillig zur *Misosuppe*, einem gesunden Seetangsud, der eigentlich nur den Alten (Oiden, uns) schmecken darf, die wir ihn freilich erst seit ein paar Jahren kennen. Denn japanische Küche gab es früher einmal – in Japan. Da sich das Suppenessen beharrlich jeder kultigen Strömung widersetzte, musste der algenhafte Geist von Miso ein Opfer fordern. Es traf die gute alte Nudelsuppe. Ich frage Sie: Wann sahen Sie sie das letzte Mal auf einer Speisekarte? Ohne Suppennudeln ging früher gar nichts. Ob aufgeweichter Maggiwürfel, ob flüssig gemachter Knorrstaub, ob ein von gedünsteten bläulichen Suppenhuhnflügerln oder ausgekochten Markknochen angeschwemmter Fettaugenschmaus: Darunter hatten Nudeln zu sprudeln. Denn mit »kräftigen« Suppen verhielt es sich wie mit festen Schuhen. Sie brauchten weiche, wertgesicherte, geruchs- und geschmacksneutrale Einlagen. Seit die Nudeln verschwunden sind, schmeckt die Suppe nicht mehr nach sich selbst, sondern nach ihrem jeweiligen Inhalt. Fazit: Die Kinder löffeln heute »Miso«, weil sie nicht mehr wissen, was eine Suppe ist.

Alex?

Es wird täglich schwerer, Grundnahrungsmittel wie Mehl, *News* oder Eier zu kaufen, ohne ein Handy dazuzugewinnen. Wir haben lange gegrübelt, warum diese sympathische Erfindung so heruntergekommen ist, dass sie einem nachgeworfen wird. Jüngst, im netten Penzinger Restaurant »Zum Blauen Esel«, kamen wir dahinter: Es mangelt am gegenseitigen Verständnis.
Am Nebentisch klingelte es unter stillen Protesten der Anrainer den Radetzkymarsch. Der dem Signal schnurlos verbundene Herr griff, hyperventilierend und dem Infarkt nahe, sein Sakko nach noch unentdeckten Seitentaschen ab. Endlich hatte er das Gerät aus den Nähten geangelt und dem richtigen Knopf den passenden Finger zugeordnet. Daran knüpfte sich folgendes Gespräch:
Hallo. Ha? Hallo! Wer spricht? Alex? I versteh di net. *(Steht auf.)* Hallo? Bist in an Tunnel? I versteh ka Wuat. *(Beugt sich über den Tisch zum Fenster.)* Geht's jetzt? *(Pause.)* Stefan! Ah so, Servas! I hör di kaum. Ich hör nur Rauschen. *(Kniet auf dem Sessel und presst sein Ohr ans Fenster.)* Kann i net, i bin im Blauen Esel. *Blau, blauer Esel.* Du, des hat kan Sinn. Ich hab kan Empfang. *(Setzt sich, resigniert.)* Du, i hör auf. I hör jetzt auf. Tschüs. I dreh jetzt ab. I ruf di an!

Pullover im Dreck (I)

Trotz der vielfältigen Möglichkeiten der modernen pädagogischen Kommunikation (E-Mail, Mail-Box, SMS) werden Kinder auch heute noch genötigt, Fragen ihrer Erziehungsberechtigten unmittelbar mündlich zu beantworten. Kluge Kids bleiben dabei dem Jagleichheitsgrundsatz treu, der da lautet: Es gibt keine Frage, die sich nicht mit »Ja, gleich« beantworten ließe.

Diese Antwort ist, entgegen der landläufigen Meinung, alles andere als einfältig. Aus Wochenenddialogen zwischen Petra (32, Mutter) und Jan (11, Sohn) lassen sich sehr schön die drei verschiedenen Anwendungsgebiete aufzeigen:

1. Das klassische »Ja, gleich« mit aufschiebender Wirkung. Petra: »Jan, kommst du bitte einmal her?« Jan: »Ja, gleich.«
2. Das fortsetzende kräftemessende »Ja, gleich« mit Eskalationsgefahr. Petra: »Nicht gleich, sondern jetzt!« Jan: »Ja, gleich.« Petra: »Wenn du jetzt nicht sofort ...« Jan: »Ja, gleich.« Petra: »Gut, dann bleib halt ...« (Sieger Jan.)
3. Das dialogsparende »Ja, gleich« mit ironischer Kritik an der Durchschaubarkeit des Frageschemas. Petra: »Glaubst du, dass das dem Pullover gut tut, wenn er da im Dreck liegt?« Jan: »Ja, gleich.«

Pullover im Dreck (II)

Leserin Birgit L. faszinierte nachhaltig die hier zitierte Frage einer Mutter an ihren elfjährigen Sohn: »Glaubst du, dass das dem Pullover gut tut, wenn er da im Dreck liegt?« Für Birgit ist das »Jahrzweitausendpädagogik vom Feinsten«.

Kinder müssen ja heute nicht mehr blind gehorchen. Sie sollen vielmehr in Einsicht zu handeln lernen. Fragen wie die oben gestellte sind für die Entwicklung der Vernunftbegabung eines Kindes von unermesslichem Wert. Spielen wir hier einige Varianten des Dialogs durch:

1. M: »Glaubst du, dass das dem Pullover gut tut, wenn er da im Dreck liegt?« K: »Ja.« M: »Wieso?« K: »Weiß nicht.« M: »Denk einmal nach!« K: »Ist das ein Befehl?« M: »Nein, nur eine Anregung.« K: »Später.« (Mutter hebt inzwischen den Pullover auf.)
2. M: »Glaubst du, dass ...« K: »Nein.« M: »Warum liegt er dann im Dreck?« K: »So halt.« M: »Heb ihn jetzt bitte auf.« K: »Jaaaaaaa.«
3. M: »Glaubst du, dass ...« K: »Ich glaub, dem Pullover ist das ziemlich egal.« M: »Aber mir ist es nicht egal.« K: »Dann musst du ihn aufheben.«

Leserin Birgit L. ist Jugendpsychologin und zweifache Mutter. Sie empfiehlt: »Heb den Pullover auf, und zwar sofort!«

Wein und Worte

Wein ist nicht mehr Wein, und zwar im Eiltempo. Früher war höchstens ein Roter kein Weißer, ein Liter kein Doppler und ein Alter kein Heuriger. Mittlerweile werden wir auf hohem Niveau weinakademisch abgerichtet, kennen alle wichtigen Nittnäuse jeder Region, haben Respekt vor pokalgroßen Gläsern, in denen uns sündteure Pfützen verabreicht werden. Unsere Turbozunge unterscheidet rund von eckig, pelzig von unbehaart und vollmundig von leerkehlig. Auch an das Attribut »gut trinkbar« haben wir uns gewöhnt. (»Schlecht trinkbar« wäre etwa ein Wein, bei dem der Korken noch in der Flasche steckt.) Derzeit terrorisieren uns die Fruchtzuordnungen. Kein guter Wein, der nicht gleichzeitig eine leichte Zitrus-, Marillen- und Weichselnote aufweist, der nicht am Gaumen nach Johannis- und Stachelbeere schmeckt und seinen Abgang mit Mango, Granatapfel und ostbolivianischer Zwergmaracuja feiert. Das Phänomen: Je mehr Obst vom Kenner aufgespürt wird, desto mehr spüren wir ihm nach (desto teurer darf der Wein sein). Aber irgendwann wird sich ein Weinpapst verraten. Irgendwann wird er zugeben, dass der Wein ganz leicht, ganz fein, ganz hinten am Gaumen nach Weintraube schmeckt.

Ehrlich lügen (I)

Der Charme der österreichischen Sprache liegt unter anderem in ihrer entwaffnenden Offenheit. Eine besondere Spezialität sind Satzeinleitungen, die genau das Gegenteil von dem behaupten, was sie bedeuten, ohne dabei auch nur ansatzweise ironisch zu sein. Das ehrlichste österreichische Eigenlob beginnt mit den Worten: »Ohne mich selber loben zu wollen ...« Will man jemanden beleidigen, so sage man: »Ich will dich jetzt wirklich nicht beleidigen ...« Hat man etwas gegen jemanden, so verwende man: »Du weißt, ich hab nichts gegen dich ...« Will man einfach nur etwas sagen, so wähle man: »Ich will ja nichts sagen ...« Bekennt man sich dazu, etwas sagen zu wollen, wonach man freilich niemals gefragt werden würde, so entscheide man sich für: »Wenn du *mich* fragst ...« Muss man davon ausgehen, dass keine Meinung weniger gehört werden will als die eigene, so wage man: »Wenn ihr meine Meinung dazu hören wollt ...«

Hat man das Gefühl, die Einleitung einer Rede gut hinter sich gebracht zu haben, und freut man sich schon auf den Hauptteil derselben, so leite man diesen mit den Worten ein: »Und damit komme ich langsam zum Ende meiner Ausführungen.«

Ehrlich lügen (II)

Unlängst haben wir hier beliebte österreichische Einleitungen gesammelt, die verraten, dass genau das Gegenteil von dem der Fall ist, was sie behaupten. Ohne uns selbst loben zu wollen – das haben wir gar nicht so schlecht gemacht. Trotzdem ist es einigen Lesern gelungen, mit weiteren unverzichtbaren Sprüchen Teil zwei von »Ehrlich lügen« herauszuschinden.

Sätze, die mit »Ohne« beginnen, stehen prinzipiell mit einem Bein in der Unwahrheit. Unverschämte Distanzlosigkeiten begeht man am besten mit den einleitenden Worten: »Ohne Ihnen nahe treten zu wollen ...« Will man unverschämt sein, nehme man: »Ohne unverschämt sein zu wollen ...« Das Gleiche funktioniert mit »aufdringlich« und »lästig«.

Sucht man Streit, hat man mit »Ich will jetzt nicht streiten ...« sein Ziel schon fast erreicht. Um gewichtigen Worten einen Dauerspeicherplatz im Gehirn des Adressaten zu sichern, verwende man: »Vergiss es einfach!«

Kollege L. erinnert uns an das wahrscheinlich schönste österreichische Geständnis, an dem man gut erkennt, wie viel Zwang sich einer antut, um den anderen mit einer Lüge zu verschonen. Es lautet: »Ich muss dir ehrlich sagen ...«

Stille Nacht (Probe)

Und wie werden Sie's diesmal anlegen? Sind Sie bei Ihnen daheim der Einstimmer? Dann wählen Sie unbedingt einen Ton in der Mittellage, es geht dann mächtig hinauf und hinunter. Einer der schwersten Fehler ist es, zu lange am Eröffnungs-»i« zu verweilen. Das führt zu einem Schtiii-iiillllle, bei dem Ihnen das »L« außer Kontrolle gerät. Wir empfehlen: Schtiii-hiele (Nacht). Mit »H« und langem »I« fangen Sie sehr schön das »L« ab.
Es folgt eine flüssige Passage mit sanften Höhen: heilige Nacht, alles schläft, einsam wacht … Kritisch wird es erst wieder beim ersten »I« von Schlaf in hiiimmlischer. Da haben Sie den höchsten Punkt erreicht. Krächzen an dieser Stelle kann ein Fest versauen. Bitte streichen Sie Karel Gott aus Ihrem Gedächtnis und Johannes Heesters aus Ihrer Nase! Nun folgt die schönste Stelle: Der Terz-Schlenzer des »U« bei Ruuu-uuuh. Verwenden Sie ruhig beide Hände, räumen Sie aber nicht den Christbaum ab. Der schwerste Ton ist der allerletzte. Da rächt es sich, wenn man zu tief begonnen hat. Messen Sie sich nicht mit Lee Marvin, sondern raunen Sie einfach sanft: Ruuuh. Für die zweite Strophe legen Sie am besten Bing Crosby auf, der hat's ganz gut getroffen.

Schenkschikanen

Feiern Ihre Freunde auch immer öfter runde Geburtstage? – Gut, den Dreißigern ist bis auf weiteres ohnehin nicht zu helfen. Und ab fünfzig haben sie zumeist schon das Bedürfnis, jene zu ehren, die ihnen dieses stolze Alter ermöglicht oder zumindest nicht verbaut haben.

Unsere Freunde werden derzeit gerne vierzig. Das ist leider ein Alter, für das sie noch ausgiebig belohnt werden wollen. Aber was schenkt man ihnen? – Mit vierzig haben sie entweder alles oder noch immer nichts oder nichts mehr. In jedem dieser Fälle ist etwa eine schöne Pfeffermühle irgendwie nicht ideal. Geldgeschenke – die einzigen wirklich fantasievollen Gaben, denn zu Geld fällt jedem Beschenkten etwas ein – sind verpönt. Die besten Bücher besitzen sie bereits, schlechte können sie jederzeit selber schreiben.

Das Böse am Kausalen: Je mehr sie von uns erwarten, desto weniger wünschen sie sich. Sie sagen dann: »Aber bitte nur eine Kleinigkeit.« Oder: »Irgendwas Originelles, aber nichts Besonderes.« Oder, eine der übelsten Forderungen: »Nichts Teures, lieber nur etwas Symbolisches.« – Und wer bezahlt uns die Arbeitszeit, in der wir uns über passende und dennoch nicht beleidigende Symbole für Vierzigjährige das Gehirn zermartern?

Arme Prominenz

Es hat schon auch Vorteile, nicht berühmt zu sein. Erstens lächelt einem das eigene Gesicht nicht wöchentlich aus Magazinen entgegen, in denen Entgegenlächler serienmäßig mit debilen Texten bestraft werden. Zweitens besitzt man überschaubar wenig Geld und verfügt über einen vernünftig kleinen Kreditrahmen, der schon gesprengt ist, wenn man nur einmal schief an ein Auto denkt.

Drittens – und jetzt sind wir bei Barry Manilow (»Mandy«, »I Write the Songs«, »Copacabana«). Der Mann hat es geschafft, glaubte man. Irrtum: Er musste dafür berühmt werden, dass er im Alter von 56 Jahren den Überblick über seine Villen verlor. Er wähnte sich nächtens in seinem Haus in Malibu (wo es rechts ins Schlafzimmer gegangen wäre), als er nach dem Einschwenken in seiner Villa in Palm Springs von einer Steinwand begrüßt wurde: Manilow blieb mit einem Nasenbeinbruch liegen. – Die weltweite Schlagzeile nimmt ihm keiner mehr.

PS: Mein Nachbar ist unlängst brutal gegen eine Litfaßsäule gerannt. Vermutlich war er im falschen Wirtshaus. Niemand weiß von dem Vorfall außer mir (und ausnahmsweise Ihnen). Das ist Lebensqualität.

Ungleiche Socken

Die Dinge, die uns nachhaltig belasten, sind oft jene Dinge, die uns scheinbar zu wenig stören, als dass wir etwas gegen sie unternähmen. Lieber lassen wir uns von ihnen quälen. Zum Beispiel von den Socken.

Jede Socke hat eine zweite, die zu ihr gehört. Wie sich Herrl und Hund immer ähnlicher werden, so auch Socke und Socke. Die Nähe wächst mit der Zahl der Waschgänge. Schleudern schweißt sie zusammen. Doch: Socken werden als Singles zum Trocknen aufgehängt. Danach liegen sie auf einem Haufen, und irgendwann werden sie paarweise zwangsvereinigt. Achten wir darauf, dass es die von der Natur füreinander bestimmten Paare sind? Natürlich nicht! Und was geschieht? – Links schlüpfen wir in einen grauen, kurzen, rauen Socken, rechts in einen schwarzen, langen, weichen. So folgen wir auf Schritt und Tritt unserem eigenen Unbehagen. Wie aber wollen wir unsere Gefühle im Kopf kontrollieren, wenn sie bis in die Zehen widersprüchlich sind? Wie wollen wir mit beiden Beinen fest im Leben stehen, wenn unsere Füße mit ungleichen Socken in den Schuhen stecken?

Sorgenaustausch

»Meine Frau und ich fassten den Entschluss, uns von unseren Sorgen zu befreien und sie einfach an Sie weiterzuleiten«, schrieb mir Familie R. vor einigen Tagen. – Gute Idee. Aber was mache ich mit den Sorgen der Familie R.? Vielleicht am besten an Sie weiterleiten:
1. Bei einem Schrank zum Zusammenbauen fehlt eine Leiste (Lieferzeit drei Wochen). 2. Im neuen Wandverbau funktionieren die Lampen nicht. (»Falsch verkabelt«, sagen die Experten.) 3. Die geschenkte Verdi-Requiem-CD hat Nebengeräusche im Kyrie. (Herr, erbarme dich!) 4. »Meine Frau bestellt für unsere Tochter bei einem Versandhaus eine lange Hose und erhält eine kurze.« (Schade. Umgekehrt wäre die Tochter irgendwann hineingewachsen.) 5. »Gestern kaufe ich für den Drucker eine Farbpatrone und entnehme der HP 51549A-Verpackung eine schwarze HP 51629A-Patrone.«
Familie R. fragt an: »Sind wir Pechvögel?« – Nein. »Geht es anderen auch so?« – Ja! Und zwar jedem! Mir zum Beispiel liefert die deutsche Firma Hülsta seit 10. März ein Bücherregal – schraubenweise. Meine Hoffnung: Wenn einmal alles da ist, kann nicht mehr viel vergessen werden.

Ausgeliefert

In meiner Funktion als Obmann des »Clubs der Freunde der zeitlich begrenzten Frist für die vollständige Lieferung bestellter Möbel« (CFzbFvLbM) ist mir ein Fragebogen der Kundendienstzentrale der Firma X. in die Hände gefallen, begleitet von folgender Bitte: »Wir hätten gerne gewusst, wie Sie mit uns zufrieden waren, wie Sie unser Möbelhaus, unsere Angebote und die Abwicklung Ihres Auftrags beurteilen.« Ich habe mir erlaubt, die Fragen in eigener Sache zu beantworten. Hier ein paar Auszüge.

1. Sind Sie mit unserer Lieferung zufrieden? – NEIN.
2. Ist noch etwas zu erledigen, beziehungsweise haben Sie Beanstandungen? – JA.
3. Wurde die Lieferzeit eingehalten? – NEIN.
4. Würden Sie beim nächsten Mal wieder bei uns kaufen? – NEIN.
5. Was hat Sie gestört, bzw. was würden Sie als Chef verbessern? – WIR WARTEN SEIT MÄRZ 2001 AUF DIE FERTIGSTELLUNG UNSERES WOHNZIMMERS.
6. Wünschen Sie einen Telefonanruf unserer Serviceabteilung? – NEIN. NUR DIE LADEN FÜR DAS BÜCHERREGAL.

Das hat gewirkt. Wenige Tage später: Retourpost. Die Laden sollen noch im März kommen. Leider steht wieder keine Jahreszahl dabei.

Erwischt

In einer Gaststube lauscht man nicht, was am Nebentisch getuschelt wird. Nein, das tut man nicht. Man würde zwar im vorliegenden Fall am vorliegenden Tonfall sofort erkennen, worum es geht. Aber man weiß, dass gerade so etwas einen überhaupt nichts angeht. Er kann seine Liebe beteuern, wem und wie er will. Er kann seine Hände – ja, wo leben wir denn! – hintun, wo er will (außer *sie* will es nicht, etwa weil sie auf den Knien kitzelig ist, aber da wird sie sich ja wohl selbst rühren). Es fällt einem deshalb auch gar nicht auf, dass er mindestens ihr Vater sein könnte. Und dass er, immer wenn neue Gäste kommen, hinschielt, als fürchtete er, eine Frau, die ihre Mutter sein könnte, ginge auf sie zu, das würde man gar nicht bemerken.

Aber jetzt passiert, angenommen, Folgendes: Es bläst sein Handy den Radetzkymarsch. Er hebt ruckartig die Hand von ihrem Bein. Seine Stimme wird laut und amtlich. In kurzen Intervallen heißt es: »Im Büro.« »Sicher später.« »Weiß ich noch nicht.« Und: »Ja, danke, ich wärme es mir auf.« – Darf man dann, wenn er die Umgebung ängstlich nach undichten Stellen absucht, kurz einmal hinüberschauen und die rechte Augenbraue ein paar Millimeter anheben?

Winterlich mies (I)

Die beste Möglichkeit, etwas zu erklären, was sich nicht erklären lässt, ist der Hinweis, es handle sich um reine Psychologie. Dass das abgelaufene Jahr ein psychologisch misslungenes war, verdanken wir zum Beispiel der Wirtschaft. Da waren die Pessimisten zu realistisch und die Optimisten zu still. Gute Wirtschaftsdaten muss man ja bekanntlich nur herbeireden, dann werden sie doppelt so gut, als sie sonst geworden wären. Außer sie bleiben schlecht, dann werden sie gleich doppelt so schlecht wie ursprünglich befürchtet. Und genau das ist geschehen.

Reden wir vom Wetter. Es wird von Jahr zu Jahr schlechter. Wissen Sie warum?

– Psy-cho-lo-gie! Denn nicht das Wetter wird schlechter, sondern wir werden älter, und das Wetter bleibt gleich. Wir sind aber gewohnt, dass alles rund um uns besser wird, erst dann empfinden wir es als so gut wie immer. Glück vor zwanzig Jahren: Skihütte ohne Strom und zu wenig Betten für alle (Frauen ohne fixen Freund). Glück heute: Achtsternhotel mit Sechshaubenküche zum dreifach reduzierten Einstands-, Anstands- und Wohlstandspreis.

Gutes Winterwetter vor zwanzig Jahren: winterlich. Schlechtes Winterwetter heute: winterlich. – Böse Psychologie!

Winterlich mies (II)

Am Freitag (als Sie wahrscheinlich noch im Urlaub waren und sicher keinen Gedanken an einen mit heute vergleichbaren Zustand verschwendet haben), am Freitag behaupteten wir: Was sich nicht allzu leicht erklären lässt, ist meistens Psychologie. Zum Beispiel: schlechte Wirtschaft und mieses Wetter.

Auf dem psychologischen Tiefpunkt stehen wir (gemeinsam) allerdings erst heute. Denn dieser Montag ist (A): der erste eigentliche und somit der eigentlich ärgste Arbeitstag des Jahres. Denn er ist (B): der erste Werktag nach einem irrtümlich als Sonntag vergeudeten letzten Feiertag aus der Serie der (C): Weihnachtsfeiertage, in die wir uns wie von einem in den Stromschnellen des Jahres gekenterten Floß auf ein Stück Nadelbaumholz gerettet hatten, welches die Heiligen Drei Könige gestern einkassierten. Somit treiben wir (D) zu Beginn der furchterregenden Ballsaison (E) mit wenig Geld einer uns völlig fremden Währung (F) durch die Grauzonen eines von Frost- und Tauorgien geschüttelten Wintertunnels namens Jänner. Und wir treiben (G) direkt dem Fasching in die Arme.

PS: Wissen Sie, wann der nächste freie Tag kommt? – (H): Ostermontag, 1. April. Böse Psychologie!

Alterserscheinungen

Woran erkennt man, dass man nicht mehr so jung ist wie früher? – Zum Beispiel daran, dass man (sich) diese Frage in immer kürzeren Intervallen stellt.
Unlängst standen wir – vier Sechziger-Jahrgänge – an der Theke einer angemessen jugendlichen Bar. War gar nicht leicht zu finden, Gäste und Personal rutschen ja immer mehr ins Vorschulalter ab. (Auch daran erkennt man es, zum Beispiel.)
D. erzählte uns, dass er nie mehr ohne seinen Kopfpolster auf Reisen gehe. Es gebe nämlich weltweit nur diese einzige schlafverträgliche Mischung aus weich, tief, rund und daunig.
R. berichtete, dass ihm unlängst in der Straßenbahn eine Schülerin ihren Sitzplatz überlassen wollte.
F. ist aufgefallen, dass man ihm nach zwanzig Jahren »Sie« in Modeshops plötzlich wieder das Duwort anträgt. Vermutlich will man seine lasche Kaufkraft erhöhen.
Und ich erzählte, dass ich mit fünfzehn mächtig stolz war, als man mir beim Frisör (damals noch »Friseur«) erstmals einen Kaffee anbot. Na ja, jüngst fragte mich eine junge Frisöse: »Kaffee?« Ich: »Ja, gern.« Sie: »Koffeinfrei?« Da spürte ich einen Stich im Herzen.

Trinkgeldfalle (I)

Mir ist gleich zu Jahresbeginn ein Missgeschick widerfahren: Ich habe in einem Restaurant zu viel Trinkgeld gegeben. Zu wenig – okay, das kann vorkommen. Aber zu viel? Das tut schon weh, in wirtschaftlich harten Zeiten wie diesen. Ich sage Ihnen, der Euro hat es faustdick hinter seinen (ersten) Eselsohren.
Stellen Sie sich vor, der Seewirt Ihres Vertrauens kommt nach einer gelungenen Mahlzeit für zwei mit der Rechnung zu Ihnen – klug genug, diese nicht auf den Tisch zu legen, um Ihnen nur ja keinen Spielraum für die richtige Einstellung nach der Umstellung zu gönnen. Nein, er schmettert Ihnen: »37, der Herr« hin – und öffnet die Hand zum Empfang. Das heißt: Denken unmöglich, rechnen obszön – Sie müssen sofort handeln. Was hätten Sie gesagt? Ich zog meinen ersten Hunderter und fackelte nicht lange herum: »45, passt!« – Sieben läppische Dingsda-Euro werden schon nicht zu viel sein, dachte ich. Damals. Heute sehe ich es anders.
Wenn ich nun ein bisschen Werbung mache und Ihnen verrate, dass der Wirt am Thurnberger Stausee im Waldviertel die saftigste »Forelle Müllerin« zwischen Elbe und Ganges produziert, glauben Sie, gibt er mir das nächste Mal fünf Euro zurück?

Trinkgeldfalle (II)

Vergangene Woche habe ich Ihnen von meiner ersten Euro-Entgleisung erzählt: Ich hatte in einem Restaurant eine Rechnung von 37 Euro auf 45 Euro ausgebaut, was einem »Trinkgeld von sieben Euro« entsprach, so schrieb ich.

Danke für das imposante Leserecho! – Inhaltlich können wir ja oft ungestraft den größten Schwachsinn verzapfen, aber wehe, eine Zahl stimmt nicht! Darf ich Ihnen dazu eine kurze Geschichte erzählen? – Ein Lehrling verkaufte in Abwesenheit seines Meisters ein Spiel um 30 Euro an drei Kinder, wovon jedes der drei zehn Euro zahlte. Als der Geschäftsherr zurückkam, erzählte der Lehrling stolz von seinem Verkauf. Da das Spiel aber im Angebot war und nur 25 Euro kostete, beauftragte der Inhaber den Lehrling, den Kindern die fünf Euro zurückzugeben. Dem Lehrling war es jedoch zu mühsam, fünf Euro durch drei zu teilen. So gab er den Kindern nur je einen Euro zurück und behielt die restlichen zwei selbst. Somit hat jedes der Kinder statt zehn nur neun Euro bezahlt. Neun mal drei ist 27. Diese 27 plus jene zwei, die der Lehrling einsteckte, ergeben 29.

So. Wenn Sie mir verraten, wo der 30. Euro geblieben ist, dann gebe ich zu, dass 45 weniger sieben 38 macht und dass ich meinen Fehler zutiefst bereue.

Trinkgeldfalle (Ende)

Also, wo blieb der 30. Euro? Hoffentlich wissen Sie, wovon ich spreche. In aller Kürze: 3 Kinder kaufen ein Spiel um 25 Euro. Die Kinder zahlen je 10, also 30. Der Lehrling gibt 3 Euro zurück – und steckt 2 ein. Jedes Kind hat also 9 Euro bezahlt. $9 \times 3 = 27$. Diese 27 plus die 2, die der Lehrling eingesteckt hat, ergeben 29. Wo ist der 30. Euro? Ehrlich: NOCH NIE habe ich so viel Post von Ihnen bekommen. (Wir Kolumnisten sollten uns vielleicht ganz auf Zahlenrätsel verlegen.)

Nun, von den hundert richtigen Einsendungen gewinnt bitte keiner etwas, war ja nicht ausgemacht. Der wahre Kern fast aller Antworten:

1.) Man darf die zwei Euro nicht zu den 27 addieren, nein, man muss sie von 27 abziehen. (Wenn Sie jetzt fragen, warum, sind Sie unbelehrbar.)
2.) Als Gleichung: $30-5=3\times10-(3\times1+2)$; $25=25$. Wahre Aussage!
3.) Im vollen Einverständnis mit Leserin Sigrid N.: »Ich hab's zwar kapiert, aber ich kann's nicht erklären.«
4.) Als journalistisches Zugeständnis: »Ich hab's zwar nicht kapiert, aber ich kann's erklären.«

CONTRA
Händeschütteln

Das Folgende gilt bitte nicht für Tante Mizzi. Wenn ich je einen Händedruck spürte, der ehrlich und angenehm zugleich war, dann ihrer. Denn in Mizzis warmer Handfläche verbarg sich stets ein Geldschein. Bei der Verabschiedung fand die Übergabe statt, begleitet von Mizzis verschworenem Zuzwinkern.

Sonst hab ich von vierzig Jahren Händeschütteln wenig Erfreuliches zu berichten. Da gab es den fairen Sport-Shake, mit dem einen Sieger zu demütigen pflegten: Gut zehn Liter Schweiß gingen dabei in meinen Besitz über. Da gab es die von Bekannten mitgebrachten Kinder, die man nie kennen lernen wollte, die aber dazu angehalten waren, einem zwei, drei patzweiche Finger in die Hand zu legen. Vom Juckreiz erholte ich mich nie. Und da gab es die Brutalos unter den Begrüßern, die Daumenquetscher, Knochenbrecher und Armauskegler.

Bis in die so genannten großen Gesellschaften der Gegenwart verfolgt mich der manuelle Grußstress. Eine Unachtsamkeit, eine einzige fahrlässig entgegengenommene Hand – schon darf man sich minutenlang durch die Reihen schütteln. Hochachtung vor den Verweigerern, die einem den Ellbogen anbieten. Und Vorsicht vor den Wangenküssern: Die sind noch dreister.

CONTRA
Händetrockner

Immerhin gibt es im Zeitalter der heißen Luft noch eine eigene Klofinger produzierende Elektroindustrie. Wahrscheinlich haben sich die brummenden Kästen aber nur deshalb ins 21. Jahrhundert gerettet, weil so ungern darüber gesprochen wird, was sich zeremoniell auf den öffentlichen Toiletten zuträgt.

Eine der schwierigsten Umstellungen von der Kindheit aufs Erwachsensein betraf das rituelle Händewaschen danach. Viele Männer wissen heute noch immer nicht, warum sie es tun. – Vermutlich nur deshalb, weil sie jemand dabei beobachten könnte, wie sie es gerade nicht tun. Je nässer die Hände nachher sind, desto geringer ist die Chance, dass ein Handtuch in der Nähe hängt. Sogar mit den zehnfach recycelten grauen Rechtecken aus der Gründerzeit des Löschblatts wird gegeizt. Das sind dramatisch sich verdichtende Hinweise auf das Vorhandensein eines Fönkastens. Oft schalten sie sich erst ein, wenn wir uns schon die Finger wund gerieben haben. Alle drei Sekunden schalten sie sich aus, um Strom zu sparen. Dabei helfen wir ihnen, indem wir die Hände an den Hosenbeinen zwischentrocknen. Wir verlassen die Feuchtzelle und suchen eine Hand, die wir schütteln können – für die rechte. Und eine trockene Schulter für die linke.

CONTRA
Wohngemeinschaft

Wohnen allein ist schwer genug. (Wo fängt man an? Wo hört man auf?) Wohnen zu zweit funktioniert nur so, dass einer von beiden wohnt (besser sie, weil sie mehr Gefühl dafür hat) und der andere dem Wohnenden beiwohnt, ohne auffällig zu werden. Gibt es Kinder, gewöhnt man sich Wohnen ohnehin rasch ab. Je liberaler erzogen wird, desto kleiner werden die massakerfreien Zonen.

Eine WG ist im Grunde ein GW, ein Gegeneinander-Wohnen mehrerer Personen auf engstem Raum. Ich meine, wer fremde Kulturen kennen lernen will, muss nicht unbedingt um zwölf Uhr die Küche betreten, um sich ein Mittagsmahl zu bereiten, und dabei auf den verkaterten GWler im Pyjama stoßen, der mit seiner Frühstücksspiegeleipfanne den Herd besetzt hält. Eine WG funktioniert nur, wenn die Betroffenen so unterschiedliche Lebensrhythmen haben, dass sie aneinander vorbei wohnen können. Das schönste Kompliment, das ich jemals einen WGler über seinen Gegenbewohner habe aussprechen hören, lautet: »Den spür ich gar nicht.« Ich frage Sie: Lernt man so die Mitmenschen lieben?

CONTRA
Geschirrspüler

Ich verabscheue Geschirrspüler. Ich darf das, denn ich verfüge über zwei (bzw. sie über mich). Ich bin zu einer Zeit haushaltspflichtig geworden, als beim Einrichten einer Wohnung drei Dinge unverzichtbar waren: eine Matratze, ein Plattenspieler und ein Geschirrspüler. Der Spüler war das küchensexuelle Symbol für die Moderne, in der sich Maschinen anschickten, uns Drecksarbeiten abzunehmen.
Frage: Was war am Geschirrabwaschen so ekelhaft?
1.) Dass wir es als Kinder tun mussten. – Dieses Trauma nimmt uns kein Spüler. 2.) Abräumen des Tisches. Erledigt uns kein E-Gerät der Welt. 3.) Entsorgen der Speisereste. – Dabei schaut uns der Spüler auch heute noch gnadenlos zu. Seinetwegen fallen allerdings neue Arbeiten an: A) Ausscheiden unförmiger Pfannen, bei denen sich der Spüler übernehmen würde. B) Manuelles Vorwaschen stark verunreinigter Teller, bei denen sich der Spüler übergeben würde. C) Einräumen des Spülers. Diese Arbeit ist brutal: Man muss denken und schlichten. Und es bleiben immer Trümmer über.
Das Angenehmste am Abwaschen war das Waschen, das Streicheln der Teller im warmen Spülwasser. – Das und nur das nimmt uns die Maschine ab. Ausräumen dürfen wir dann wieder selbst.

CONTRA
Shopping mit Partner

Ungefähr ist es heute so: Von zwanzig Ehen werden sieben geschieden, vier waren es schon vorher, zwei werden annulliert (wegen der Kirche), drei werden erst gar nicht geschlossen (das sind die Ehen der Zukunft) und bei den restlichen wartet man nur noch rasch das Ende der Partnertherapie ab.

Zwischenmenschliche Beziehungen befinden sich, wie der Name bereits andeutet, zwischen den Menschen. Und es erfordert enorme Anstrengung, sie dauerhaft in dieser Stellung zu belassen.

Was zum Scheitern des Versuchs zu zweit nicht unbedingt notwendig wäre, was es aber beschleunigen könnte, ist, dass man auch noch zwischenmenschlich shoppen geht. Es ist dann nämlich so, dass jeder mit dem anderen shoppen geht und keiner mehr mit sich, was vor allem für Frauen qualvoll ist. Oder sie geht mit sich shoppen und er steht blöd neben der Umkleidekabine und sagt: »Ja, schöne Hose, passt dir gut.« Sie sagt dann aber: »Danke, das ist die Hose, mit der ich gekommen bin.« Oder: Er geht in ihrer Anwesenheit mit sich shoppen. Dann weiß er plötzlich nicht mehr, wozu er auf der Welt ist. Je mehr Auswahl, desto sinnloser das Leben für einen Mann.

Wozu kleiden sich Frauen neu ein? – Damit sie sich besser fühlen. Es besteht keine Notwendigkeit, dass da die Partner wie geführte Zombies in den Kauftempeln herumsteigen. Wozu ziehen sich Männer an? – Damit sie den

Frauen gefallen. Wer weiß besser, was den Frauen gefällt, als die Frauen selbst? Eben. Sollen sie's also aussuchen. Oder umtauschen.

PRO
Bidet

Im Sommer 1976 hatten mein Bruder und ich Interrail-Tickets, aber kein Geld. Also hielten wir uns in Zügen auf. In London wollten wir erstmals wieder schlafen, doch die Jugendherbergen waren »complete«. England konnte uns somit gestohlen bleiben. Wir fuhren zurück nach Paris. Am Bahnhof irrten wir herum, womit es sich Frankreich bei uns verscherzt hatte. Wir fuhren nach Madrid. Dort war es uns zu heiß: Spanien konnte uns. Wir fuhren nach Lissabon. Dort war kein freies Zimmer billig genug. Mein Bruder vermisste seine Freundin, ich hatte keine. Wir waren todmüde und trübsinnig. Nach Portugal gab es nur noch den Atlantik. Wir hatten bereits drei Nächte kaum geschlafen. Der letzte Zug brachte uns nach Porto. Dort waren keine Zimmer frei. Wir wollten in einer Kneipe Coca-Cola bestellen, schliefen aber nach »Coca« ein. Eine Portugiesin weckte uns auf. Sie hatte Mitleid, schnappte uns und suchte für uns Unterkunft. In einem Fünf-Stern-Hotel gab es ein Zimmer. Irgendwer beglich die Rechnung. Wir betraten die Suite und fühlten uns wie Fürstenkinder im Valiumrausch. Im Badezimmer standen Porzellanbecken in allen Größen und Höhen. »Zu was ist das?«, fragte ich angesichts eines extrem tief liegenden WCs ohne Deckel. »Weiß nicht«, erwiderte mein Bruder. »Ich glaub, zum Füßewaschen«, sagte ich. – Und so taten wir. Zum Duschen waren wir schon zu müde. Dann schliefen wir einen Tag und zwei Nächte.

Zugegeben, das war jetzt haarscharf an einer Themenverfehlung vorbei. Aber ich liebe dieses niedrige, halbierte, dotterlose Riesenei. Es weckt Erinnerungen. »Bidet« heißt das Ding?

PRO
Dekolletee

Dekolletees? – Bin ich dafür. Jede Frau soll sich ausschneiden, was sie will. Jeder Mann soll sich davon abschneiden, was er darf. Wenn ihr »rückenfrei« passt und wenn sie sich wohl dabei fühlt, soll sie's tragen. Wenn ihr »rückenfrei« nicht passt und wenn sie sich wohl dabei fühlt, soll sie's tragen.

Wenn sie auszugsweise etwas von ihrem Busen der breiten (und demnach breit blickenden) Öffentlichkeit zugänglich machen will – sie wird sich der Schaulustigen nicht erwehren können. Dass diese Körperregion – ob steil oder sanft – es den Männern besonders antut, brauchen wir hier nicht zu diskutieren. Wenn sie die Nabelprobe macht, darf sie damit rechnen, dass jeder zweite Beschauer mehr oder weniger sabbernd oben hineinkippt. Wenn ihr dies gefällt und sie sich dabei gefällt, soll sie's tun. Wenn ihr dies nicht gefällt und sie sich dabei gefällt, soll sie's abwägen. Wenn ihn stört, dass ihr gefällt, dass sie ihn dabei erwischt, wie es ihm gefällt, muss er wegschauen.

Mich selbst erfreuen gute Ausschnitte, wie im Film, so im Buch, so in der Mode. Aber der zwanghaft freigelegte Zeta-Jones-Junk, der da mehrmals wöchentlich aus den Titelseiten der Hochschwanzmagazine hervorquillt, der ist wirklich nicht mehr anzusehen.

Man trifft sich (I)

Der Februar in Wien spielt sich hauptsächlich in den U-Bahnen ab. In der U-Bahn wird viel geredet. Immer mehr Fahrgäste unterhalten sich mit ihrem Handy. Um die Wortkargheit der Geräte zu kompensieren, sprechen sie besonders laut, manchmal über die Grenze der Lärmbelästigung hinweg.
Oft geschieht es auch, dass alte Bekannte, die einander nie begegnet wären, hätten sie es sich aussuchen können, plötzlich nebeneinander stehen. Die Umgebung erfährt dann, wo beide zuletzt auf Urlaub waren und wie gut oder schlecht sich der Euro auf sie eingestellt hat. Am Ende des Gesprächs ist die Herzlichkeit derart überschäumend, dass man nicht umhinkommt, einander auf die Möglichkeit vorzubereiten, dass es geschehen könnte, dass man einander wieder begegnet, ohne es dem Zufall überlassen zu haben. Einer sagt: »Treff' ma uns einmal!« Der andere: »Unbedingt!« Im besten Fall hält der Zug und einer muss aussteigen. Im schlimmsten Fall: beide.

Man trifft sich (II)

Thomas Bernhard ist zwar lange schon tot. Aber noch immer stellt sich beinahe täglich die Frage, wie man seinen Mitmenschen aus dem Weg geht. Zum Beispiel: Wie macht man einander nach einer unfreiwilligen Begegnung, am Ende eines unabsichtlichen Gesprächs, klar, dass es für längere Zeit das letzte gewesen sein sollte, ohne einander die Illusion einer guten Bekanntschaft zu rauben?

Wir haben hier bereits eine klassische Antwort gefunden: »Treffen wir uns einmal!« Sie bedeutet: »Bitte nicht!« Erwidert der andere: »Unbedingt«, will er es noch weniger. Erfolgversprechend ist die Ankündigung: »Man sieht sich!« Sie heißt: »Niemals freiwillig!« Um die Höflichkeit auf die Spitze zu treiben, wähle man: »Ruf ma uns z'samm!« Der andere kontert: »Die Nummer hast du ja.« (Vorsicht: Hat einer der beiden zu offensichtlich Job oder Wohnung gewechselt, ist ein zeit- und kräfteraubender Austausch von Visitenkarten die Folge.) Kennt man einander so gut, dass ein Treffen arrangiert werden muss, so trete man die Flucht nach vorne an und entscheide sich für: »Gehen wir einmal auf einen Kaffee!« Damit wäre die Gefahr, dass es wirklich so weit kommen könnte, auch schon gebannt.

Girlandomanie

Während der Winter bemüht ist, sich noch einmal ordentlich zu übergeben, ziehen die Großereignisse der Saison über uns hinweg oder streifen uns via TV netzhautnah: Olympia. (Dabei sein ist alles.) Opernball. (Daheim bleiben ist mehr.) Fasching. (Daneben sein ist menschlich.) Aber auch das hat ein Ende. Der Aschermittwoch, der mit Abstand lustigste Tag aus dieser Serie, ist in Griffweite. Man muss sich nur noch durch die Papierschlangen und Girlanden kämpfen. Eine der größten nicht gefeierten Weltsensationen der Unterhaltungskulturindustrie ist nämlich der Wandel des Faschingsschmucks im Laufe der vergangenen vier Jahrzehnte. Dieser Wandel ist – niemals eingetreten.

Aus einem psychoanalytisch noch nicht aufgearbeiteten Wiederholungszwang heraus müssen wir der Reizarmut unserer östlich angehauchten Kindheit Jahr für Jahr das gleiche erschütternde Denkmal setzen. Wir nehmen die zeitlos übelfarbenen Bänder und Ziehharmonikas und verwüsten damit Tausende Raumquadratmeter Wohnfläche, als wäre Design nie gewesen. Jahresgehälter fließen in Möbelhäuser, damit wir uns daheim wohler fühlen. Und dann versauen wir uns die Innenarchitektur mit Steinzeit-Krepppapier.

Frauenanteil

Tage der Frauen gibt es viele. Nun folgen Taten. Genießen Sie den Text einer dem Amtsblatt entnommenen Stellenausschreibung: »Die Paris-Lodron-Universität Salzburg strebt eine Erhöhung des Frauenanteils an und lädt daher qualifizierte Frauen nachdrücklich zur Bewerbung ein. Bei gleicher Qualifikation werden Frauen bevorzugt aufgenommen. Reise- und Aufenthaltskosten, die aus Anlass des Aufnahmeverfahrens entstanden sind, werden nicht vergütet. Ihre schriftliche Bewerbung unter Angabe der Geschäftszahl der Planstellenausschreibung richten Sie mit den üblichen Unterlagen, Lebenslauf und Foto bis 27. März an die Universitätsdirektion.

Universitätsbibliothek GZ A 0013/1-2002: An der Universitätsbibliothek gelangt die Planstelle h5 mit zwei halbtägig beschäftigten Reinigungskräften ab nächstmöglichem Zeitpunkt zur Besetzung. Aufgabenbereich: Reinigungsarbeiten in der Hauptbibliothek. Anstellungsvoraussetzungen: Kenntnis verschiedener Reinigungstechniken, -geräte und Pflegemittel, von Vorteil ist Berufserfahrung im Reinigungsbereich.«

Dieser Tage endet die Bewerbungsfrist. Ohne dem Ergebnis vorgreifen zu wollen: Der Frauenanteil an der Uni dürfte sich erhöhen.

Polizeianhaltezentrum

Vor einigen Tagen erreichte uns die aufwühlende Agenturmeldung: »Polizeigefangenenhäuser durch Ideenwettbewerb abgeschafft.« Erster Verdacht: Da muss es einen Wettbewerb gegeben haben, bei dem Ideen gesammelt wurden, was man abschaffen könnte. Einer muss gesagt haben: »Polizeigefangenenhäuser!« Die Jury: »Gute Idee, schaffen wir ab!« (Von Alternativideen ist leider nichts bekannt. Vielleicht hat einer vorgeschlagen: »Konditoreien.« Jury: »Schlechte Idee!« Oder: »Jugendgerichtshof.« Jury: »Bravo!« Aber das ist Spekulation.)
Bei näherem Hinsehen erkannten wir, dass die »Polizeigefangenenhäuser« im Agenturtitel unter Anführungszeichen gesetzt waren. Das heißt: Nur der Name sollte abgeschafft werden, nicht die Häuser. Um die neue Bezeichnung zu ermitteln, gab es den Ideenwettbewerb. Ein Jahr lang wurden Ideen gesammelt. Umso mehr Gewicht fällt auf die Sieger-Idee. Sie lautet: »Polizeianhaltezentrum«. Klingt sympathisch: Verdächtige werden von der Polizei dazu angehalten, im Zentrum zu verweilen, bis sich der Verdacht gegen sie erhärtet oder aufgelöst hat. Großartig. Damit hat man Polizeiübergriffe wohl für immer abgeschafft.

Durchgeknallt

1.) Keiner will es sein. Viele sind es. Alle sagen es: durchgeknallt. Wieder eines dieser Modewörter, wie sie derzeit »am Stück« produziert werden. Pausenlos durchknallt es die Gesellschaft. Mag sein, dass unser Sprachschatz bereits geplündert ist. Und jetzt stürzen wir uns wie durchgeknallt auf die letzten Exemplare scheinbar origineller Kreationen.

2.) Einer, der sich aufopfernd um Sprachvielfalt bemüht, ist der PC, zumindest jener von Leserin Elisabeth. Sein Rechtschreibgehirn versah ihr Wort »Zuseherschaft« mit einer roten Welle der mangelnden orthografischen Begeisterung. Als Alternativen empfahl er Zusehherrschaft, Zusehererbschaft, Zuseherschuft und Zuseherschaf.

Nun gibt es zwei Möglichkeiten:

a) Ein Zuseherschuft ist einer, der im Kino im spannendsten Moment mit der Chipspackung raschelt. Ein Zuseherschaf ist ein williges Opfer einer Quotensau, die sich anschickt, die Zusehherrschaft im Lande zu übernehmen, um für Kinder von Zuseherschafen demnächst eine Zusehererbschaftssteuer einzutreiben.

b) Elisabeths Computer ist durchgeknallt.

Ein tiefer Blick

Unlängst haben wir einen Mann dabei beobachtet, wie er bei vierzig Grad in der U-Bahn einer neben ihm sitzenden jungen Frau aus einer Entfernung von etwa dreißig Zentimetern minutenlang auf den Busen starrte. Das war kein anmutiger Anblick. (Für uns.)

Der Mann aus gutem Bürohause trug ein weißes Hemd (mit Transparentlook unter den Achseln), erfüllte die möglicherweise selbst auferlegte Krawattenpflicht und verfügte über eine korrekte Frisur. Der silbergraue Aktenkoffer lag symmetrisch auf seinen keusch geschlossenen Beinen. Er hielt sein Haupt diskret nach vorne geneigt. Die Augen aber lustwandelten zur Seite, bis sie den Rand des luftigen Ausschnitts erreichten, wo sie sich, außer Kontrolle geraten, in das T-Shirt hineinfallen ließen. Dort saugten sie sich fest. Bedingt durch die Aufwühlung öffnete sich der Mund des Mannes und die Zungenspitze kam zum Vorschein.

Um das visuelle Erlebnis zu verdauen, bedurfte es schnaufender Atemgeräusche. Ebendiese dürften den Beschauer verraten haben. Die junge Frau drehte sich abrupt zur Seite, merkte, wie ihr geschah, und rief, deutlich vernehmbar für alle Umsitzenden: »GehtIhnen eh gut?« – Bis dahin sehr. Nun nicht mehr.

Mucken Zuruck!

Jedes Tier hat etwas Nützliches. Die Gelse zum Beispiel hält uns in den Sommernächten wach und schafft es mitunter, dass wir uns selbst ohrfeigen, was uns hilft, zur Besinnung zu kommen. Nicht der Stich der Gelse macht uns wahnsinnig, sondern deren unheilvolles akustisches Vorspiel. Wenn das Surren verstummt, wissen wir, dass sie es gerade wieder tut.

Gelsenschutz? Gibt es nicht. Seit in Kraft getretenem Vermummungsverbot sind wir dem Insekt endgültig ausgeliefert. Damit die Gelse sofort weiß, wo wir sind, verwenden wir gerne »Autan« und ähnliche Säfte, Saucen oder Suppen. Außer (jeder) Konkurrenz wollen wir heute ein chirurgisches Fläschchen vorstellen, das vor einigen Tagen an einem Kiosk auf Mykonos gesichtet und erworben wurde. Es heißt »Solatan« und kann Folgendes:

Dieses Lotion stossen die Mucken Zuruck und hilft man zu schlafen. Du musst dieses Lotion in die nackt Teilen deine Haut spritzen. Spritzen sie dieses Lotion auch in deine Haude und dann sich schminken. Sprizen sie die Augen nicht spritzen sie die Lippen nicht. Stellen sie dieses Lotion weit von der Kinder auf.

Anwendung: Dreimal täglich lesen. Dagegen machen Gelsen keinen Stich.

Hochzeitskastl

Früher war alles einfach. Man hat einander kennen gelernt, geheiratet und ein Kind bekommen. Oder man hat einander kennen gelernt, ein Kind bekommen und geheiratet. Oder man hat ein Kind bekommen, geheiratet und einander kennen gelernt. Und als man einander kannte, hat man sich getrennt.

Heute ist alles komplizierter. Nach dem noch nicht heiratsfähigen Alter kommt man in das heiratsfähige, danach schlittert man in das heiratsmögliche, weiter in das heiratswillige und hinein in das heiratsbereite Alter. Von dort gleitet man bequem in das heiratsfällige und schließlich in das heiratsüberfällige, das heiratsreife Alter, an welches nahtlos das heiratsüberreife anschließt. Danach folgen die späten, aber umso süßeren Optionen der Prädikatsheirat, der Kabinettsheirat, der Heiratsauslese, der Heiratstrockenpressung und der Eisheirat.

Potenziell hochzeitswillige Paare, die sich bis dahin noch nicht dazu entschließen konnten zu heiraten, sollten ernsthaft überlegen, ob sie für die Ehe bestimmt sind. Den dreist Tollkühnen, aberwitzig Spontanen, die es schon vorher geschafft haben: Herzliche Gratulation.

Lob den Optikern

Berufstätige und ihre Launen. Man darf das zwar nicht generalisieren, aber man kann es wenigstens einmal probieren: Lehrer – meist gut aufgelegt, nur nicht im Unterricht. Pfarrer – oft zu gütig, das reibt sie auf. Richter – nur nicht anstreifen! Ärzte – kommt darauf an, auf welchem Fuß man sie erwischt. Künstler – schwierig, grüblerisch. Handwerker – fluchen. Psychotherapeuten – können einem ganz schön einschenken. Piloten – oft abgehoben. Bahnbedienstete – streiken. Schiedsrichter – rennen manchmal heiß. Polizisten – ebenfalls, dabei auch noch bewaffnet. Kellner – oft über-, sonst unterfordert. Journalisten – immer im Stress. (Tun zumindest so.) Drachenflieger – nett, aber das ist kein Beruf. Gärtner – zart zu den Stiefmütterchen, grob zu den Mütterchen.
Aber jetzt frage ich Sie: Haben Sie schon einmal einen unfreundlichen Optiker gesehen? – Sie haben keine Brille? Dann sollten Sie sich eine zulegen. Denn ob Wien-Mariahilf, Hall in Tirol, Aix-en-Provence, Hamburg, Taipeh oder Catania: Überall auf der Welt biegen sie uns mit Engelsgeduld die Bügel zurecht und putzen unsere Gläser. Nie verlangen sie Geld dafür. Im Gegenteil: Immer geht sich noch ein herzliches Zuzwinkern aus.

Die Sinnmacher

In diesen Zeiten, die nicht die besten sind, die uns aber einer Lieblingsbeschäftigung nachgehen lassen, nämlich darüber zu jammern, wie schlecht die Zeiten sind, in diesen Zeiten lehnen sich Wörter weit über den Rand ihrer Bedeutung hinaus. Zählen Sie zum Beispiel auch zu jenen, die ständig »Das macht Sinn« sagen müssen? – Sinn ist oder Sinn ist nicht. Sinn ist von Beginn an oder er stellt sich später heraus. Sinn ergibt sich, aber Sinn ist nicht machbar. Es hat keinen Sinn, sich das einzureden.
Oder sind Sie einer, bei dem alles »funktioniert«, was früher gut oder schön war? Erstaunlich, wie es die technische Funktion in so feinsinnige Bereiche wie Literaturverlage schaffen konnte. »Das Buch funktioniert«, heißt es dort. Es soll damit eine Mischung aus »gelungen« und »kommerziell verwertbar« zum Ausdruck gebracht werden. Der Verdacht liegt nahe, dass auch hier bereits versucht wird, Sinn zu machen.
Oder sind Sie ein moderner Opportunist? Wo ist Ihr Protest? Wollen Sie sich an Ihrer Aufregung vorbeischwindeln? Sagen Sie doch, Sie finden das Kunstwerk schlecht. Sagen Sie, Sie finden es geschmacklos. Sagen Sie, Sie finden es abscheulich. Aber sagen Sie nicht: »Es polarisiert.«

Love-Reminder

Das ist jetzt ein bisschen ein historischer Moment. Wir stellen hier eine Erfindung vor, ohne die Liebe bald nicht mehr möglich ist – und zwar nicht die industriell üppig bestückte sexuelle Liebe, sondern die bisher minderbemittelte romantische. Für nur 21,50 Euro erwirbt man »Love-Reminder«, zwei tropfenförmige Metallamulette, die mit synchron erklingenden Prozessoren ausgestattet sind. »Von nun an hören Sie, wenn Ihr Partner an Sie denkt«, verspricht der Werbetext. In zufälligen Zeitabständen ertönt innerhalb von 72 Stunden dreimal aus beiden Tropfen gleichzeitig Beethovens »Ich liebe dich«. (Hätte er es gewusst, er hätte nie komponiert.) Das heißt: Wenn sie »Ich liebe dich« hört, weiß sie, dass er es ebenfalls gerade hört, egal, wo er sich befindet. Somit weiß sie, dass er an sie denkt, und er weiß, dass sie weiß, dass er an sie denkt, auch wenn er nur deshalb an sie denkt, weil er weiß, dass sie an ihn denkt, auch wenn sie (zum Glück) nicht wissen kann, was er denkt, wenn er an sie denkt, wenn er »Ich liebe dich« hört, und wer es vielleicht gerade mithört ...
Na ja, wenn die Batterien leer sind, müssten beide Tropfen gleichzeitig neu gestartet werden. Das ist die Chance für den Ausstieg.

Es geht so

Gestern bekam ich auf zwei Oster-E-Mails, die ich mit der mäßig originellen Frage: »Und sonst alles okay?« enden hatte lassen, zeitgleiche Antworten, eine aus Berlin und eine aus Wien-Alsergrund. Die eine lautete: »Danke, es läuft.« Die andere: »Danke, es geht.« Dreimal dürfen Sie raten, welche die österreichische war.
Der Inländer neigt, wie hier schon öfter angedeutet, zur Verzögerung der Lebensabläufe. Man kann das gut an der Wiener Börse erkennen, die deshalb wenig krisenanfällig ist, weil sie auf Krisen zu spät reagiert. (Oft erst dann, wenn sich die Welt-Finanzmärkte bereits davon erholen.) Verlangt man zu viel Tempo von uns Österreichern, werden wir grantig und setzen uns zur Wehr, notfalls sogar mit sprachlichen Mitteln. Mit »gehen« kommen wir ziemlich weit. (Im Fußball oft bis in den gegnerischen Strafraum.) Oder sagen wir: Es geht so. Denn irgendwo ist ja doch Bewegung dabei, und manchmal stehen wir eben an. Wenn so gar nichts mehr geht, tritt das rückbezügliche Fürwort in Kraft, entlässt uns aus der Verantwortung und nimmt die Schuld auf – »sich«. Oft haben wir unser Bestes gegeben, unserem Ruf vorauszueilen, aber leider: Es ist sich dann doch nicht ausgegangen.

Ei ist nicht Ei

Die großen Konflikte der Menschheit befinden sich zwar beharrlich außer Kontrolle derselben. Aber bei der Beherrschung der kleinen Dinge wird der Mensch immer professioneller. Zur Eröffnung der Salmonellensaison (29 Grad Celsius in Salmannsdorf) gibt es Erfreuliches vom Ei zu berichten. In wenigen Tagen wird der Konsument im Kaufhaus auf etikettierte Packungen stoßen, auf denen die Haltungsform der Hühner ersichtlich ist. Bald schon soll dann jedes einzelne Ei gekennzeichnet sein. In wenigen Jahren wird es vermutlich beigelegte Passbilder der Hühner und Haltungsnoten beim Legen geben. Schön aus der Hüfte herausgegrätschte Eier mit einem gütigen Gesichtsausdruck der Henne werden das Gütesiegel I.1.A erhalten.

Rechtzeitig zum Muttertag entdeckte Leserin Maria P. in einem Prospekt ein dazu passendes Gerät, das auf den charmanten Namen »Eierschalensollbruchstellenverursacher« hört. Es besteht aus einem Stab mit Fixierknopf und hohler metallener Eischerzelüberdachung. Da ein Ei keinen Hals hat, haben wir bisher nie gewusst, wo wir es köpfen sollen. Mit dem neuen »Eischaso« wird sich das schlagartig ändern. Und wieder ist die Menschheit eine existenzielle Sorge los.

Muttertag

Nicht mit Süßigkeiten den Magen verpicken. Nicht lümmeln. Gut atmen. Hände auf den Tisch. Ellbogen weg vom Tisch. Knie unter den Tisch. Füße einziehen. (Eigentlich »Beine«, egal.) Nicht schaukeln. Nicht schmatzen. Nicht aufziehen. Beim Husten die Hand vorhalten. Den Finger aus der Nase nehmen. Sich ordentlich schnäuzen. Die Suppe nicht schlürfen. Nicht so viel salzen. Nicht so viel Maggi. Den Kaffee nicht so schwarz trinken. Weniger rauchen. Aschenbecher ausleeren. Ruhig den Tisch einmal abräumen. Nicht so schnell essen. Nicht so kalt trinken. Nicht so viel arbeiten. Wieder einmal zum Friseur gehen (und nicht wie ein »Beatle« herumrennen). Nicht mit nassen Haaren außer Haus gehen. Eine dicke Jacke mitnehmen. Eine Mütze (mit Ohrenschutz) aufsetzen. Warme Socken anziehen. Nicht zu enge Unterhosen tragen. Nicht zu viel Geld mit sich herumschleppen. Den Kragen bügeln (bei Söhnen: bügeln lassen). Den obersten Knopf aufmachen. Den untersten Knopf zumachen.

Liebe Mütter, wo wären wir ohne euren Katalog der 1000 Manierlichkeiten, ohne eure unermüdliche Lebensberatung? – Nirgendwo! Jedenfalls sicher nicht am Sonntag um zehn Uhr mit Blumen vor der Tür.

Würdig Festspielen

Unlängst lag eine Pressemappe bei uns auf dem Tisch, in der Stimmung für ein Seminar mit dem Titel »Das persönliche Erscheinungsbild als Ausdruck von Kompetenz« gemacht wird. Erdiger formuliert: Wie schaut man aus, damit man was gleichschaut und nicht depperter dreinschaut, als man ist. (Bei Interesse schicken Sie uns eine Mail.)

Die leitende »Imageberaterin« wird uns auch als Festspielexpertin angepriesen. Sie kennt angeblich »die wichtigsten Fragen der BesucherInnen«. Hier sind sie (wir bemühen uns um adäquate Antworten):

1. *Wie kleide ich mich zu einem Festspielabend richtig, zum Beispiel welche Schuhe sehen elegant aus, und ich kann trotzdem den Weg auf eine Burgruine bestreiten?* – Reiterstiefel?
2. *Darf ich mir einen Sitzpolster und Decken zu einer eleganten Openair-Veranstaltung mitnehmen?* (Ja.) *Was mache ich anschließend damit?* – Später.
3. *Wie kann ich mich stilvoll gegen Gelsen auf einer Seebühne wehren?* – Mit Haarspray betäuben und im Opernguckertäschchen verstauen.
4. *Wie wird Smalltalk in den Pausen nicht langweilig, sondern hinterlässt Sympathie?* – Gelsensammlung herzeigen.
5. *Wie begegne ich Künstlern nach der Vorstellung?* – Decken und Polster überreichen.

Bettschikanen (I)

Es gibt kein Ding, das wir so oft verwenden und so selten thematisieren wie das Bett. Meist kommt es nur durch diese 0,05 Prozent randzweckdienlicher Benützung ins Gerede, wenn es darum geht, wer mit wem drinnen war, wobei hier obendrein sehr schlampig mit der Wahrheit umgegangen wird, weil viele dieser so genannten Bettgeschichten auf dem Teppich stattfinden oder ins Bad oder in die Kammer ausgelagert werden.

Bei Betten unterscheidet man, wie im Fußball, den Heimvorteil von der Mühsal der Auswärtsbegegnung. Das Lebensalter eines Menschen ließe sich grob anhand der mit zehn multiplizierten Anzahl jener Stunden pro Nacht berechnen, die man in einem fremden Bett unfreiwillig wach verbringt, weil der Geist zwar schlafwillig ist, aber der Knochen sensibel. Eine der brutalsten Schlafgelegenheiten ist das südeuropäische Hoteldoppelbett. Seine Schikanen: ein zu dünnes Leintuch für zwei. Darüber eine zu dicke Decke für zwei. Und: der adriatisch/iberische Knackwurst- oder Ciabatta-Polster, Genickbrecher der Nationen Italien, Griechenland, Spanien und Portugal. Eine Nacht als Bauchschläfer mit dem Kopf auf ihm – und ein Jahr physiotherapeutisches Training ist zunichte gemacht.

Bettschikanen (II)

Erlauben Sie, das drückende Weltklima wieder für ein paar Zeilen an den Rand jener Nebensächlichkeiten zu schieben, die wir jahrelang erdulden, weil sie uns nicht konsequent genug stören. Sprechen wir noch einmal über Hotelbetten. Da hat einer vor Jahren einmal keine gute Idee gehabt. Er dachte: Das Wichtigste in einem Hotelzimmer ist der erste Anblick des zahlenden Gastes, und so schön kann man eine Decke gar nicht falten, dass sie, plump auf dem Bette, nicht einen Hauch von Schlamperei beim Betrachter hinterlässt. So mache man ein kleines Kunstwerk daraus, lege man über das weiße Leintuch ein zweites, beschichte man es mit einer Wolldecke, lege man eine Fußdecke darüber und stopfe man den Dreiteiler wohl geglättet an all seinen Überhängen unter die Matratze, auf dass kein Zipfel mehr zum Vorschein komme. – Ja, das sah nun wirklich aufgeräumt aus. Divisionen von Raumpflegern in aller Welt wurden darauf trainiert, es immer und immer wieder so zu tun.

An uns Gästen liegt es seither, das Kunstwerk allnächtlich aufwändig zu zerstören, um die Stoffschichten in einen dem Schlafe gerechten Zustand zu bringen. Das heißt: Wir machen im Urlaub das Bett und zahlen dafür Zimmerservice.

Eilzug nach Neujahr

Der November, jener unterkühlte Eilzug, der von Allerheiligen nach Weihnachten rauscht, ist abgefahren. Bessere Nachrichten haben wir nicht. Wer am Ende des Monats aussteigen will, wird sich wundern, denn es gibt heuer keine Haltestelle mehr und es wird immer schwerer abzuspringen, denn das Tempo nimmt von Woche zu Woche zu. Außer der Konjunktur stehen keine Bremsen zur Verfügung.
Die Innenausstattung des Zuges ist karg. Die Insassen schauen nicht mehr in den Spiegel, um zusätzlichen Kummer zu vermeiden. Sie sind grau gekleidet wie Ostspione und ernähren sich von Martinigänsen. Die Fenster im Eilzug sind zu, der Rauch im Raum sieht übernächtigt und verbraucht aus. Die Nachbarn wirken unnahbar. Die Körper, an die man sich schmiegt, sind die der Heizung. Die Strecke führt durch heimische Niesel-, Graupel- und Nebellandschaften. Schnee gibt es nur ohne Vorbestellung. Hin und wieder gelangt ein Punschaufguss in die Ventilation. Jeder Fahrgast bekommt sein Häferl zum Abfüllen für die anstehenden Adventfeiern. Jedes Abteil wählt einen Sprecher, der schon jetzt übt, viel Glück fürs neue Jahr zu wünschen. Aber Geduld: Die nächste Station wird erst der Frachtenbahnhof Jänner sein.

Mut zum Oarsch

1.) Kollege P. erzählt uns von einer Bekannten, die vor Weihnachten in der U-Bahn folgende pädagogisch aufwühlende Szene erlebt haben will (und bis Juni nicht aufhören konnte, sie weiterzureichen). Kind: »Wohin fahr' ma?« Mama: »Zur Oma.« Kind: »Mag aber nicht zur Oma!« Mama: »Warum nicht?« Kind: »Die Oma is oarsch.« Mama: »Pst!« Kind (lauter): »Die Oma is oarsch.« Mama: »Psssst!« Kind (noch lauter): »Die Oma is oarsch.« Unruhe unter den Fahrgästen. Kind (schreit): »Die Oma is oarsch!« – Mama: »Wenn du nicht sofort still bist, wird dir das Christkind heuer was scheißen!«
2.) Rainhard Fendrich hat eine neue, österreichische CD herausgebracht. »Ich wollte mich sprachlich nicht mehr an den deutschen Markt anpassen«, meinte er dazu in einem Interview: »Früher habe ich oft wochenlang überlegt, wie ich ‚Oarsch' umschreibe, wenn ich es so meine.« (Auf »Oma« wäre er nie gekommen.)
Wir halten dem entgegen, dass es niemals schwer war, Oarsch zu sagen. Hingegen ist es von jeher schwer, Oarsch zu schreiben (inhaltlich wie orthografisch). Aber wahrlich mutig sind nur diejenigen, die es wagen, einen Oarsch beim Namen zu nennen.

Lässig ist uncool

Um die Jungen zu verstehen, muss man ihre Sprache sprechen. Um ihre Sprache zu sprechen, muss man ihre Sprache kennen. Um sie zu kennen, muss man sie hören. Um sie zu hören, muss sie aber erst gesprochen werden. Damit sie gesprochen wird, muss sie wer sprechen. Um sie zu sprechen, muss man selbst ein Junger sein. Also leider. Keine Ahnung, was die heute sprechen. Vermutlich wollen sie nicht von uns verstanden werden.
Eines ist aber durchgesickert: Im jahrzehntelangen Gigantenduell zwischen »lässig« und »cool« hat sich »cool« ganz klar durchgesetzt. »Lässig« ist heute schwer uncool. Wer lässig sein will, lässt es sich nämlich anmerken, und das ist out. »Cool« funktioniert nur mittels komplizierter Geheimcodes. Wer nicht weiß, dass ein Ding cool ist, würde es nie vermuten.
Wenn wir den Jungen »coole Fetzen« kaufen wollen, damit sie lieb zu uns sind, dann scheitern wir kläglich. Wir kaufen ihnen dann höchstens lässige Fetzen, und die sind, wie gesagt, schwer uncool. Wir glauben nämlich, dass man einer Hose, die 120 Euro kostet, doch wenigstens ansehen sollte, dass sie cool ist. Aber wenn man es ihr ansieht, ist sie eben nur lässig, also schwer uncool. So wie wir. Das ist unser Problem.

Spiel ohne Ball

Leserin Sonja P. meint: Kein Wunder, dass man als Eishockey-Zuseher den Puck kaum zu Gesicht bekommt. (Das große Manko dieser an sich begeisternden Sportart.) – P. behauptet: »Es gibt ihn gar nicht!«
Zugegeben, ihre Theorie ist gewagt, aber nicht uninteressant: Entstanden sei die Idee Anfang der fünfziger Jahre. Da wollten die Sowjets den USA zeigen, wer Großmacht ist. Da Sport die Massen bewegte, entschied man sich für Eishockey. Eisläuferisch begabte Russen konnten sich bewerben. Die Besten blieben Sowjets, die Zweitbesten nannte man CSSR, aus den Blonden bildete man das schwedische Team, die Rüpel wurden Kanadier, die Weicheier Amis und so weiter. Am 26. Februar 1954 (erste WM mit der UdSSR) wurde der Puck für immer aus dem Spiel genommen. Sieger des Turniers: die UdSSR. Und so ging das weiter. Als die Sowjets politisch schwächer wurden, siegten auch andere. Als das Reich zerfiel, stellten die Länder ihre Teams selbst. Das Geschäft mit dem fingierten Wettkampf aber blüht bis heute. Und die als Schiedsrichter kostümierten Eisläufer, die die Scheibe (etwa beim Bully) auftauchen und wieder verschwinden lassen, zählen zu den bestverdienenden Magiern der Welt.

Emporschlafen

Jüngst wurde der Frage nachgegangen, warum man beim Betreten einer stehenden Rolltreppe nach oben so leicht in Stolpergefahr gerät. Eine der guten Antworten war, dass man dabei über die eigene Gewohnheit stolpert. Das ist aber nicht ganz korrekt: Eher stolpert man über sein Wunschdenken, denn für gewöhnlich bewegen sich (Wiener) Rolltreppen wegen Wartungsarbeiten nur ausnahmsweise.
Entfernt verwandte Probleme tauchten unlängst auch in Graz auf, wo Landesamtsdirektoren noch das Herz haben, über Motive von »Sex im Büro« zu philosophieren. Dabei war von Frauen die Rede, die »das Bett als Sprungbrett benutzen, um sich die Karriereleiter emporzuschlafen«. Da jagt eine prächtige Metapher die andere (die Leiter empor). Leserin Christine fällt auf, dass immer nur von Frauen gesprochen wird, die sich emporschlafen, »aber nie von Männern, die Frauen emporschlafen«. – Das mag daran liegen, dass die Sprossen der Leiter flüchtig und auswechselbar sind.
Über vermeintlich emporgeschlafene Frauen, die ruhen, weil sie schon ganz oben sind, sollen übrigens schon viele Männer beim Aufstiegsversuch gestolpert sein. – Ein ähnliches Phänomen wie bei der Rolltreppe.

Viel Glück anderswo

Man kann von André Heller halten, was man will, aber das kann man im Grunde von jedem Menschen. – Und das macht Heller wieder so normal. Außerdem kann man Heller stundenlang zuhören, ohne sich zu fadisieren und ohne dass es ihn hemmt, wie unlängst wieder einmal auf FM4.

Heller sinniert zwar in 120 Minuten Interviewzeit etwa 110 Minuten über sich selbst, aber in den restlichen zehn Minuten sagt er mehr über die Welt als die, die sich zeitlebens darum bemühen. Um den kreativen Klemmzustand Wiens zu diagnostizieren, genügt ihm ein einziges hinkendes Satzgefüge: »Es gibt keine einem weniger Glück wünschende Stadt als Wien.« – Wer hier fahrlässig in Kulturkreise hineingeraten ist, wird das sofort bestätigen. Und Heller meint: »Mit dem gleichen Aufwand an Energie, mit dem man es in Wien zu was bringt, schafft man es auch in New York und Paris.« Gott sei Dank hat das Lugner nicht gewusst.

Jedenfalls wünschen wir allen jungen Künstlern, die in Wien resigniert haben, viel Glück anderswo auf der Welt. Wenn sie als Stars zurückkommen, wird man sie stürmisch feiern und nie mehr hergeben wollen.

Sonnengesichter

Dieser Tage konnte man Städter bei der weltschönsten Gratisbeschäftigung antreffen. Sie sind auf Parkbänken gesessen und haben das Gesicht in die Sonne gehalten. Gebräuchlich ist auch die Wendung: »Sie haben die ersten Sonnenstrahlen eingefangen«, aber das klingt nach Kidnapping, also nach harter Arbeit.

Das Gesicht in die Sonne zu halten ist kein rüder Routineakt, es erfordert höchste Genussbegabung. Wer das Gesicht in die Sonne hält, klappt dabei die Augenlider runter und tritt zur Diaschau an. Gezeigt werden prächtige Farbtafeln von bananenschalengelb bis müllmannorange bis kirschtomatenrot, je nachdem, wie fest man die Augen schließt. Inzwischen spielt sich im Kopf Umwälzendes ab: Die Gehirnzellen werden enteist, entstaubt, einzeln zum Lufttrocknen aufgehängt und an die Fernwärme angeschlossen.

Dabei sinkt der Intelligenzquotient zwar auf Werte eines Bachsaiblings, was man an der Mundkrümmung desjenigen, der sein Gesicht in die Sonne hält, unschwer erkennt. Aber das Herz fühlt sich gut an, wie ein offener Kamin. Und dem gerade noch erbärmlich stumpfen Alltag fehlt plötzlich kein Milligramm zur Glückseligkeit. – Bis die erste Wolke kommt.

Lavendelpudding

Dass es heute Rosensirup gibt, ist ein schöner Erfolg der Pressindustrie. (Bald wird man auch Wasa Knäckebrot in Flaschen abfüllen können.) Dass nach der Zucchiniblüte auch das Gänseblümchen, die Gundelrebe und die Duftgeranie den Sprung von der Wiese auf den Teller schaffen konnten, zeugt von der Hinwendung der heimischen Deko-Küche zur Hochblüte. Aber unlängst habe ich Lavendelpudding gegessen. Und jetzt reicht es mir!
Wollen Sie wissen, wonach Lavendelpudding schmeckt, wenn er gelingt? – Nach Lavendel! Und wissen Sie, wie Lavendel schmeckt? – So wie er riecht! Sogar den Motten wird speiübel davon.
Kennen Sie auch nur einen einzigen Innenraumausstatter, der das Gewürzregal mit dem Kosmetiktisch kombiniert und den Alibert in die Küche hängt? Vielleicht ist das jetzt wertkonservativ, aber ich meine, man sollte weder Knorr durch Pril noch Maggi durch Camay ersetzen. Blumen gehören in den Garten, Seifen in die Seifenschüssel, Essen in die Pfanne. Denn irgendwo endet ja auch Styropor und es beginnt die Reiswaffel. Lavendel mag geschmackvoll sein, wie van Gogh ihn malt. Im Pudding hat er aber wirklich nichts zu suchen.

Fluchtachterl

Irgendwann endet die Phase, in der wir spüren, dass es Zeit wäre, nach Hause zu gehen. Und es beginnt die Phase, in der wir merken, dass es Zeit *gewesen* wäre, nach Hause zu gehen.

Was die Müdigkeit betrifft, so unterscheiden wir jene, die in den Schlaf übergeht, von jener, die im Schlaf untergeht, von jener, die ohne Schlaf vorbeigeht. Und dann gibt es noch die vierte, jene, die im Wachsein erstarrt. An ihr halten wir (uns) fest. Doch es hilft nichts. Wir können nicht länger bleiben, denn wir müssen am nächsten Tag aufstehen. Allerdings müssen wir am nächsten Tag *immer* aufstehen, manchmal sogar am selben Tag. Manchmal wagen wir gar nicht, uns hinzulegen, so bald müssen wir wieder aufstehen. Und manchmal sollten wir schon aufgestanden sein, bevor wir uns hinlegen.

Was den Wein betrifft, hätten wir natürlich weniger trinken können. Wir hätten auch gar nichts trinken können. (Aber kann das der Sinn des Lebens sein?) Wir hätten langsamer trinken können. Wir hätten später anfangen und früher aufhören können. Wir hätten Pausen einlegen können und zwischen den Pausen weitere Pausen und so weiter. Jedenfalls haben wir längst bezahlt. Die Uhr funkelt uns an. Der Gesprächsstoff hat sich entmaterialisiert. Alle Hände sind geschüttelt, alle Wangen sind befeuchtet.

Jetzt ist es wirklich soweit. Beinahe. Denn: Eines ist immer noch gegangen. Ein allerletztes. Ein allerschönstes.

Ein allerbestes. Ein Fluchtachterl. Ohne dieses eine gehen wir nicht nach Hause. Ohne dieses eine wären wir gar nicht gekommen.

mfg

Begrüßen war noch nie unsere Stärke. Aber beim Verabschieden waren wir immer ganz gut. Vom sekundärklerikalen Pfiat di Gott bis zum leichtlippigen Baba (und foi net), vom feschen Griaß di über das resche Servas zum gesmashten Sers (auch das spart Silben, somit Zeit und Kraft) war uns bisher alles recht und billig genug. Nicht zu vergessen: das Rimini-Stadlauer Tschau und das kleingermanische Tschüss, gewiehert Tschühüs, verschnöselt Tschüssi. (Aus Berlin langte dann auch noch Tschüssikovsky ein; die arbeiten gerade ihre Ost-Vergangenheit auf.) Beim schriftlichen Verabschieden taten wir uns bisher schwer. Den Bekannten schrieben wir gleich überhaupt nicht, die riefen wir an. Für die Entfernten mussten wir uns über Hochachtungsvoll zum Finale retten, ein überlanger Schwertransport mit sieben Fehlerquellen.

Nun, seit es Internet mit seinem E-Mail-Verkehr gibt, sparen wir Buchstaben, wo es nur geht. Irgendwann schrieb einer mfg, wie »zu müde für ›muffig‹«. Einer antwortete: mfg. Alle verwendeten und sendeten nur noch: mfg. Und heute, ja heute ist der Tag gekommen, da rutscht es uns erstmals über die Lippen. Also dann: »mfg!«

Inhalt